O CREDO DA VIOLÊNCIA

BOSTON TERAN

O CREDO DA VIOLÊNCIA

Tradução de
Gabriel Zide Neto

EDITORA RECORD
RIO DE JANEIRO • SÃO PAULO
2015

CIP-BRASIL. CATALOGAÇÃO NA FONTE
SINDICATO NACIONAL DOS EDITORES DE LIVROS, RJ

Teran, Boston
T293c O credo da violência / Boston Teran; tradução de Gabriel Zide Neto. – Rio de Janeiro: Record, 2015.

Tradução de: The creed of violence
ISBN 978-85-01-08754-6

1. Tráfico de armas – Ficção. 2. Ficção americana. I. Zide Neto, Gabriel, 1968-. II. Título.

12-1639 CDD: 813
CDU: 821.111(73)-3

TÍTULO ORIGINAL EM INGLÊS:
The Creed of Violence

Publicado mediante acordo com Natasha Kern Literary Agency. Traduzido do inglês *The Creed of Violence.*

Publicado originalmente nos Estados Unidos por Counterpoint, Berkeley.

Texto revisado segundo o novo Acordo Ortográfico da Língua Portuguesa.

Editoração eletrônica: Abreu's System

Direitos exclusivos de publicação em língua portuguesa somente para o Brasil adquiridos pela
EDITORA RECORD LTDA.
Rua Argentina, 171 – Rio de Janeiro, RJ – 20921-380 – Tel.: 2585-2000, que se reserva a propriedade literária desta tradução.

Impresso no Brasil

ISBN 978-85-01-08754-6

Seja um leitor preferencial Record.
Cadastre-se e receba informações sobre nossos lançamentos e nossas promoções.
Atendimento e venda direta ao leitor:
mdireto@record.com.br ou (21) 2585-2002.

Ao
Rawbone original, que eu tive de caçar por vários anos

E também a
Lazaro, por aquela caixa de postais baratos e pela
história do Señor Morte

Embora esta seja uma obra de ficção, alguns detalhes, contextos, lugares e acontecimentos específicos se baseiam em fatos históricos.

1ª PARTE

UM

ELE NASCEU EM Scabtown no dia em que Abraham Lincoln foi assassinado no Teatro Ford. Scabtown era um formigueiro de jogatina, cabanas e gente de olhos avermelhados, na margem do rio oposta a Fort McKavett, no Texas.

Foi criado num bordel atrás do Saloon Number 6. Sua mãe era uma prostituta, e seu pai, um dos muitos anônimos que conheceram a cama dela. O menino tinha 9 anos quando ela morreu esfaqueada por causa de dinheiro.

Ele foi morar numa espécie de caixote de tábuas de madeira que juntou debaixo de umas árvores no leito do rio. Para ganhar dinheiro, carregava cerveja e restos de comida; nenhum trabalho era degradante, nenhuma tarefa, difícil demais. Quando veio a peste, ele foi contratado para ajudar um médico do Exército a cuidar dos mortos e dos doentes.

A morte não o amedrontava. O cheiro asqueroso dela não significava nada. Ele era bem parecido com a paisagem de onde nascera — uma visão hostil e queimada. E, das ruas estreitas que vinham a ser as almas dos homens, muito ele tinha visto e aprendido.

Ele ficava sozinho e encolhido em sua cabana, com um mísero cobertor sobre si. Seus sonhos eram tortuosos e frequentemente tristes, a infância há muito ofuscada pela realidade. Na maioria das noites, ele se contentava em ficar olhando as lâmpadas de querosene naquela aldeola suja e em imaginar que histórias estariam sendo contadas.

O menino detestava o próprio nome. Depois que a mãe morreu, ele nunca mais o pronunciou. Um campeão de boxe foi visitar Fort McKavett. O rosto dele era bem castigado, as bochechas, inchadas e ásperas. Não era um homem grande, mas tinha punhos enormes, cheios de cicatrizes, e costas largas. Na praça, ele lutou contra um homem muito maior sob um sol escaldante. O garoto ficou olhando enquanto os lutadores se engalfinhavam, um round depois do outro, naquela areia sem sombras. Tudo era sangue e exaustão. Mas o homem pequeno não perdia de jeito algum e o garoto acabou se vendo naquele ringue de cordas improvisadas e, quando o lutador finalmente sucumbiu, caindo de joelhos na terra encharcada de sangue, o garoto experimentou uma fonte de poder dentro de si que ele nunca imaginou que pudesse existir. O nome do lutador era Rawbone e, daquele dia em diante, foi assim que o garoto passou a se chamar.

Não muito tempo depois, ele mataria um homem pela primeira vez. Um bêbado que cambaleava perdido, depois de visitar uma prostituta, rumo à escuridão do rio. Ele esfaqueou o homem como sua própria mãe havia sido esfaqueada e roubou seu dinheiro. As moedas ficaram manchadas de sangue e ele as lavou no rio até ficarem brilhando.

A ESTRADA QUE saía de Sierra Blanca corria através de areias brancas e silenciosas na direção do Rio Grande. De um promontório, Rawbone viu uma nuvem de poeira subir, se aproximar e ser levada pelo vento. Aquele era o ano de 1910 e o caos reinava por todo o estado do Texas, que fazia fronteira com o México.

No calor úmido de um meio-dia de sol a pino, Rawbone começou a ver os detalhes do que aparecia no meio da poeira. Era um caminhão, capaz de transportar umas três toneladas. Um desses novos Packards, ou talvez um Atlas, envergado e apinhado de mercadorias. A cabine aberta era protegida por um plástico esticado sobre a carcaça, apoiada por suportes de metal presos aos chassis. O plástico cinza esvoaçava loucamente como se fosse um tapete mágico. Dentro da cabine havia dois homens, o motorista do lado direito e o outro na esquerda, com as botas em cima do painel.

Foi o que estava ao lado do motorista quem primeiro viu aquela figura andando no vazio sem sombras da estrada à frente, acenando com um chapéu. Apontou para ele.

— E agora, o que é aquilo? — perguntou o motorista.

O outro pegou uma espingarda e a apoiou no colo. Continuaram andando no meio do calor por muito tempo, até chegar a um sujeito franzino e com as roupas em frangalhos, cujas feições mais proeminentes eram uma enorme testa e olhos bem apertados no meio do crânio.

O caminhão diminuiu a velocidade e os dois homens olharam rígidos e vigilantes, enquanto o sujeito na beira da estrada gritava:

— Parem, por favor.

Quando o caminhão se aproximou, Rawbone viu que uma espécie de caixa protetora feita com lâminas finas de metal fora instalada nas laterais da cabine. Nelas, pintadas com letras grossas, vinham as palavras AMERICAN PARTHENON.

— Ei, irmãos — disse Rawbone, quando o caminhão finalmente parou. — Foi Deus quem fez com que vocês parassem. Eu perdi a minha montaria lá nas montanhas. — Apontou com o chapéu-coco para um conjunto de sela e rédeas jogadas ao lado da estrada. — Eu queria uma carona e, por ser um transtorno para vocês — tirou da parte de dentro do chapéu algumas notas de dinheiro —, estou disposto a pagar o que for necessário para chegar à civilização.

Os dois homens na cabine se entreolharam, considerando suas preocupações. O motorista, um sujeito pesado, que parecia cansado, acenou para ele subir.

RAWBONE FICOU ANINHADO na banqueta logo atrás da cabine aberta. Não era alto, nem parecia forte. Ao contrário, era magro a ponto de ser quase esquálido e seus olhos eram da cor de alguma tempestade que estivesse por vir.

— E aí — perguntou, batendo com os dedos num dos caixotes —, o que vocês estão carregando?

— O equipamento de um depósito de gelo que devia ser montado em El Paso, mas que acabou indo parar por engano em Sierra Blanca.

Do casaco esfarrapado, Rawbone tirou um cantil e o abriu.

— Eu aposto — disse ele, oferecendo a bebida aos outros dois — que, quando vocês me viram, acharam que eu era encrenca.

O homem que estava ao lado do motorista pegou o cantil e tomou um gole.

— Nós chegamos a pensar nisso.

— Irmãos, algumas vezes eu vivi uma vida muito pouco cristã, é verdade. Posso até dizer que bebi da água da perdição mais de uma vez. — O motorista bebeu e devolveu o cantil a Rawbone. — Mas Deus quis me sussurrar algum tipo de advertência.

O caminhão desceu e subiu pela estrada esburacada em meio ao sol do deserto, lento e enfadonho, enquanto Rawbone, passando o cantil de novo para que os outros pudessem beber, viu e ouviu, pesaroso, seus companheiros reclamarem da revolução que estava para explodir no sul. Como, com toda aquela pobreza e turbulência, os mexicanos atravessavam a fronteira em números impressionantes, para roubar empregos e se imiscuírem no bem-estar de uma cultura que os desprezava? Eles, com seu aspecto esquelético, sua comida fedorenta, sua imundície morena e um modo de vida digno dos esgotos, que acolhia as deficiências e a criminalidade, esperavam corroer as entranhas do país como um jato de veneno.

— Bem — disse o motorista, depois de tudo —, Deus tem boa memória.

Rawbone falava pouco, preferindo ficar em silêncio e ver o cantil trocar de mãos com frequência. Para falar a verdade, para ele, a nação não significava nada, e a raça, menos ainda. Ele era exclusivamente feito de carne, tudo para viver e sobreviver. Além disso, só havia a morte.

E, no entanto, dentro desse egoísmo imoral, existia um lugar sem lei que não morria, por mais que ele tentasse destruir. Era como uma runa antiga, que havia sido gravada em seu ser, ou uma melodia meio esquecida que chegava em meio à escuridão.

A mexicana com quem ele havia se casado e deixado para trás sem praticamente lhe dizer palavra alguma, a criança que ele abandonou com uma breve frase. Elas continuavam existindo, no meio de um nevoeiro sentimental que o matava com pesadelos silenciosos.

— Pare o caminhão — disse o homem no banco do carona. — Estou me sentindo mal.

Parecia mesmo. Estava muito pálido e um círculo de suor começava a rodear suas têmporas. Quando o veículo freou, ele saiu da cabine com um movimento incerto e começou a arrastar a espingarda pela alça, de um modo que ela quase ia roçando no chão. Seus passos começaram a ficar descontrolados e então ele caiu. Rawbone pulou da boleia e já estava em cima dele antes que o motorista pudesse desembarcar.

Rawbone agarrou o rifle e se virou.

— Ele morreu... e você também, irmão.

Enquanto o homem jazia agonizante no chão, alguma coisa pareceu se explicar na mente do motorista. Ele piscou, como se estivesse sendo atingido por uma revelação e olhou o cantil no banco da cabine. Virou-se para encarar Rawbone, que não se mexeu nem lhe apontava a espingarda. Ele só ficou parado, com um sorriso aberto e metálico, enquanto o motorista, totalmente em pânico, engatou a primeira marcha e partiu.

— Ei — gritou Rawbone para o caminhão —, então vá embora. Mas não importa. Você já engoliu o seu futuro e eu posso até ouvir as trombetas ao lado do seu túmulo.

O caminhão seguia sacudindo fortemente. Rawbone pendurou a espingarda no ombro, ajoelhou-se ao lado do moribundo e roubou-lhe os pertences. Enquanto o homem tremia na poeira, Rawbone enfiou as mãos nos bolsos do casaco e, assobiando uma música, foi atrás do caminhão com um andar despreocupado.

Cerca de uma hora mais tarde, ele viu o caminhão no meio das dunas. Tinha saído da estrada e batido numa grande rocha marcada pelo vento.

O motor ainda estava ligado quando Rawbone entrou na cabine aberta. O motorista estava vivo, mas não por muito tempo. Uma baba meio trêmula havia se acumulado no canto de sua boca pálida.

— Perdoe-me — disse Rawbone, enquanto se inclinava por cima dele e desligava o motor. — Descanse um pouquinho.

Ele saiu da cabine e, enquanto procurava algum dano no caminhão, percebeu que um dos caixotes havia se soltado e caído aberto ao lado da estrada.

— Ah — exclamou Rawbone com o que viu.

Ele se ajoelhou sobre o caixote. Deslizando por entre as tábuas de madeira, como se fosse uma pele de cobra, estava um pente de munição para metralhadora.

Gritou na direção do motorista:

— Eu não sabia que isso era usado para montar um depósito de gelo.

DOIS

ELE NASCEU NO Segundo Barrio de El Paso, no dia em que Ulysses S. Grant morreu. O *barrio* eram várias quadras de casas esquálidas de alvenaria à beira do Rio Grande, que a cidade queria destruir e reconstruir com os bons e velhos tijolos americanos.

Foi criado numa viela atrás de uma fábrica, onde os imigrantes do deserto remendavam bandeiras americanas. Sua mãe era uma dessas imigrantes, do estado de Sinaloa. Seu pai era um criminoso e, como o menino depois descobriria, um assassino. O pai havia abandonado a família no dia 4 de julho de 1893. A última coisa que falou ao filho foi que iria levá-lo de bonde até o parque na Mesa Street para verem os fogos de artifício juntos e tomar sorvete.

Depois disso, ele viu a humilde fisionomia da mãe se cobrir de tristeza e o seu pesar foi lentamente matando aquilo que Deus havia posto ali, de uma maneira tão linda. O filho levou a mãe de trem para o cemitério de Concordia e a enterrou numa cova de indigentes que ele mesmo cavou. A morte o deixou arrasado e sozinho com apenas 13 anos de idade. O desejo de ver o pai ser destruído era acompanhado apenas por uma corrente de lembranças de tempos mais auspiciosos, que deixavam uma dor inimaginável por todo o trajeto de sua existência.

O garoto foi morar no sótão da fábrica, onde as costureiras que trabalhavam nas máquinas faziam dupla jornada, costurando as bandeiras. Durante o dia, ele trabalhava na ferrovia de Santa Fé, que passava junto ao *barrio*. Era um trabalho brutal, que afundava os homens na terra como se fossem pregos podres. No entanto, ele não só tinha a gana para sobreviver, mas a força mental para florescer.

Ele carregava no pescoço uma pequena cruz de ouro com um raio quebrado que pertencera à sua mãe. Não era uma bijuteria ou um talismã sagrado, mas incorporava todo o desejo ingênuo e nostálgico que um dia ele sentira na vida.

Ele sabia ler e escrever e seu pai havia lhe ensinado a ter fé nas armas. Ele não tinha medo da morte, compreendendo que era apenas um momento sem emoção que levava o indivíduo a um outro lugar.

Ele não era um rapaz alto; ao contrário, era magro e musculoso, com uma testa ampla e olhos escuros. Seu cabelo era preto e liso, a pele, meio amarelada, e as feições, refinadas.

Seu nome era, para ele, absolutamente vergonhoso e, depois da morte da mãe, ele mudou. Ela sempre sonhara em fazer uma peregrinação a Lourdes, onde a Virgem Maria apareceu para a menina Bernadette Soubirous e, desde aquela época, quando lhe perguntavam, ele dizia que seu nome era John Lourdes.

Começou como lubrificador, no galpão de reparos das locomotivas. Depois, foi promovido e se tornou chefe de equipe. Falava duas línguas fluentemente e, tendo sido gerado por um criminoso, tinha um feeling intuitivo para a maldade que residia dentro dos homens. Foi transferido para o departamento de segurança e, pouco depois, promovido a detetive da ferrovia.

Em 1908, o procurador-geral Charles Bonaparte organizou o Bureau of Investigation* com uma equipe própria de agentes encarregados de impor as leis federais. John Lourdes foi convidado a participar do grupo e, assim, aos 23 anos de idade, ele se tornou um agente especial a serviço do governo federal em El Paso, no Texas.

Ele se recostou na grade de arame que ladeava o Rio Grande, na altura da ponte de Santa Fé. Estava com a barba por fazer e as mesmas roupas, visivelmente desgastadas, de uma semana; até o seu chapéu de aba larga estava cortado nas dobras. John Lourdes era um sujeito maltrapilho e desempregado, fumando e fazendo hora numa fila de outros maltrapilhos, tentando arranjar algum trabalho diurno num balcão de empregos. Pelo menos, era isso o que ele queria aparentar sem chamar a atenção para si mesmo, enquanto via diariamente os pedestres passarem pela alfândega na fronteira de El Paso com Juárez.

---

* Bureau of Investigation (BOI), cujas atividades mais tarde passariam para o Federal Bureau of Investigation (FBI). (*N. do T.*)

A Revolução Mexicana tivera início em 1910, quando o presidente Porfirio Díaz prometeu eleições livres e depois as renegou. Esse ato foi a gota d'água. O México estava apodrecendo sob as forças da exploração, da pobreza e dos interesses estrangeiros. Mil pessoas controlavam a maior parte da riqueza do país. O analfabetismo, a mortalidade infantil e a escravidão econômica tornavam-se as sementes da violência.

El Paso e sua irmã, a cidade de Juárez, eram o epicentro dos revolucionários, dos cidadãos expatriados, dos aspirantes a sabotadores, dos agentes clandestinos que ganhavam 2 dólares por dia e trabalhavam para ambos os lados, dos vigaristas, dos socorristas corruptos e de uma série de entulhos humanos que carregavam os fogos da ilegalidade no coração.

John Lourdes tinha deixado crescer um bigode, fino e moderno, bem à moda da época. Passou o dedo pelo lábio superior enquanto estudava o tráfego de pedestres. Ele possuía as qualidades intangíveis da paciência e da disciplina, assim como um olho clínico para as particularidades de cada pessoa. Um olhar ou um gesto frequentemente abriam um caminho direto para o íntimo delas. Ele seguia qualquer uma que despertasse suspeita e anotava todos os detalhes a lápis, em seu caderninho.

Seu pai um dia lhe perguntara, quando ainda era um menino:

— Quer saber como é que as pessoas são de verdade?

Eles estavam num mercado aberto em Juárez, cheio de feirantes. O pai apontou de um rosto para outro e então se ajoelhou, chamando o filho para perto de si. Sempre havia um tom meio febril na voz do pai, quando ele ficava animado.

— Quer saber como é que elas são? Para elas nunca poderem enganar, nem trapacear você? — Os olhos do menino se arregalaram. — Para elas nunca fazerem você de presa? Nunca poderem enrolar, nem encurralar você? Você pode saber isso assim — e estalou os dedos. — Mas você quer saber? Quer saber mesmo?

O menino assentiu porque percebeu que o pai queria muito que ele soubesse.

— Muito bem — sussurrou ele. — Seja indiferente com todo mundo... e aí você vai saber.

Naquele momento, enquanto o mais profundo egocentrismo se enrolava em seu pescoço como uma corda para estrangulá-lo, uma jovem passou por ele, a uma distância mínima, e atravessou de volta para Juárez. Era a terceira vez em três dias que o olhar dele era atraído por ela.

E não é porque ela era jovem e bonita, de uma maneira simples e despretensiosa. Ela não devia ter mais que uns 16 anos, a julgar pelas aparências, mas ainda assim emanava um silêncio tranquilo enquanto se apressava para tratar de seus afazeres, o que fazia um contraste direto com seus olhos nervosos que se voltavam para todos os lados, enquanto ela examinava e pesava todas as ações diante de si.

A primeira vez que ele a viu, a moça estava na fila do galpão de quarentena bem embaixo da ponte. O prédio era feito de tijolos bastante castigados pelo vento, com uma longa e estreita chaminé, e ali os mexicanos que atravessavam para os Estados Unidos tinham que se despir e ser despiolhados.

Era uma experiência terrível e humilhante. A própria mãe dele havia passado por isso ao atravessar a fronteira. Ele tinha ouvido uma conversa dela com outras amigas, as vozes sussurradas, de como elas tiveram que se despir e esperar em filas no chão de cimento para passar pela inspeção médica, enquanto os olhos dos funcionários não poupavam ninguém.

Desde que se tornara agente federal, ele estivera muitas vezes naquele prédio caçando criminosos. E tinha visto como eles usavam pesticidas e gasolina, e às vezes uma espécie de ácido sulfúrico, para despiolhar os imigrantes. As roupas também eram borrifadas e colocadas em enormes secadoras a vapor, que às vezes derretiam os sapatos. O local tinha o apelido de... câmara de gás.

A garota passou por lá e se juntou a uma procissão de seres humanos empoeirados que seguiam em direção a Santa Fé, e ele percebeu como tudo o que os olhos dela observavam produzia um lampejo de incerteza em suas feições. No dia seguinte, ele voltou a vê-la saindo do galpão de quarentena. Ela passou por ele, e só voltou uma hora mais tarde.

No terceiro dia, o processo se repetiu. Mas, quando ela voltou, ele estava ocupado conversando com dois desenhistas alemães. Eles tinham obtido permissão para entrar nos galpões de quarentena. Tinham feito alguns esboços do interior do prédio e perguntavam a John Lourdes se era verdade que o governo eliminava os deformados e os anormais, pois eles, na Alemanha, também tinham problemas com os "impuros", que precisavam mesmo aprender uma lição.

Se eles entendessem espanhol, a resposta dada por John Lourdes enquanto partia em direção à ponte não poderia ter sido mais clara.

Ele a seguiu pela avenida Paseo de Triunfo. As ruas tinham um aspecto sombrio. Nas paredes, as pichações afrontavam o regime; grupos de homens reunidos travavam discussões acaloradas. Meninos carregando rifles numa espécie de milícia primitiva das ruas marchavam diante do Monumento aos Touros e, erguendo os canos das armas, xingavam El Presidente e atiravam para cima.

Cabeças se voltavam para olhar. Aves voavam por todo o céu da Paseo. A única que não esboçou reação foi a garota, que continuou andando. Foi aí que John Lourdes compreendeu o motivo daquele silêncio tranquilo e dos olhos atentos: ela era surda.

Ao lado do cinema havia um edifício de dois andares onde a garota entrou. Uma loja no andar de baixo tinha uma placa na vitrine: VIAJE PELO MÉXICO. Do lado de fora, estavam dois automóveis Maytag Touring, com letreiros nas laterais: LEVAMOS VOCÊ AONDE QUER QUE O VENTO SOPRE!

Ele a seguiu para dentro do prédio. O hall era escuro e sujo. Podia ouvir os passos dela nas escadas. No segundo andar, ela entrou numa sala. Ele chegou ao patamar exatamente quando a porta se fechava. Passou por lá com cuidado. Ele podia ouvir vozes pela bandeira da porta e ver a luz descendo numa parede distante, através de uma claraboia. Olhou para um lado e depois para o outro do corredor, onde uma escada ia dar no telhado.

Lá em cima, ele passou por uma série de claraboias enfileiradas; a maioria era aberta para permitir que o ar morto saísse dos escritórios miseráveis. Quando chegou àquele que seus instintos diziam ser o que procurava, ele tirou o chapéu e se abaixou perto da abertura, mas a uma distância suficientemente grande para não ser visto. Ele podia apenas divisar a garota no meio da luz.

Ela estava lá sozinha, com a cabeça abaixada. As vozes eram abafadas e homens falavam em espanhol e inglês. Uma porta foi aberta e fechada. Uma sombra cresceu na parede.

Um homem de voz áspera falou. John Lourdes não conseguiu ver o rosto dele, só as pernas das calças e as botas de montanha. Um braço se esticou segurando um lençol e a garota começou a se despir.

Suas roupas caíram no chão e jogaram um lençol no qual ela se enrolou, enquanto desviava o olhar do homem. Ele se abaixou, juntou todas as roupas e saiu.

TRÊS

Sentado no caminhão, 65 km a leste de Fort Bliss, Rawbone tinha que tomar uma decisão. Um instinto mais básico dizia que ele devia se esquecer de El Paso. Era melhor que fizesse um desvio para o sul, para Socorro ou Zaragaza, e então se dirigisse novamente para o norte, para a cidade de Juárez. Qualquer pessoa, às vésperas de um derramamento de sangue, pagaria muito bem por armas e por um caminhão. Ele tinha gasolina suficiente para aquela viagem e havia esvaziado os bolsos dos dois homens antes de queimar os corpos.

Ficou fumando enquanto olhava para os montes escarpados que antecediam El Paso. Naquele dia do ano de Nosso Senhor, Rawbone completava 45 anos de idade. No assento do caminhão havia uma foto que ele tirara da carteira do motorista. Ele e a mulher posavam na plataforma do armazém de Stanton Street com suas crianças, que não aparentavam expressão alguma.

Ele conhecia bem o armazém, fazia parte de seu passado. Havia conhecido a esposa a alguns quarteirões dali, no Bonde Lerdo. As mulas puxavam o bonde na chuva. A voz dela parecia um fiapo quando ele perguntou se podia se sentar ali a seu lado. Ele podia jurar que aquela juventude era de outra pessoa, e não dele. Apesar de ter fechado os olhos, o silêncio da distância não conseguiu apagar o passado. Ele continuava lá, abandonado, mas não esquecido.

Havia um advogado corrupto no município de El Paso. Ele nunca tinha conhecido um homem mais corrupto, nem mais gentil. Wadsworth Burr costumava dizer para Rawbone:

— Existem acontecimentos que não podem ser explicados pelas leis que conhecemos, e eles carregam consigo esse segredo maldito até o esquecimento.

RAWBONE DIRIGIU ATÉ O *barrio* que ele conheceu quando casado, só para descobrir que ele não existia mais. Sob um calor opressivo, caminhou por um quarteirão cheio de lojas com fachadas de tijolinhos que um dia foram as cabanas que ele frequentara. A ruela onde eles haviam morado agora era uma rota de postes telefônicos apinhados de fios. Sua esposa tinha morrido havia muitos anos — isso ele já sabia. E o filho... era um fantasma.

Ele acendeu um cigarro e comparou o passado e o presente. Numa esquina onde outrora ficava a fábrica de roupas, agora havia uma casa de penhores; do outro lado, via-se um vendedor de armas, e numa das vitrines uma propaganda mostrava Bat Masterson com uma Savage 32 automática...

que disparava dez tiros rápidos... O anúncio dizia: UM ESCOTEIRO COM UMA SAVAGE PODE PÔR PARA CORRER ATÉ O MELHOR ATIRADOR DO OESTE. Na outra vitrine havia mais um anúncio. Esse mostrava uma mulher de camisola empunhando uma Savage: O FIM DO MEDO DE LADRÕES...

O *barrio* não havia mudado nada, pensou. Só tinha passado por uma porra de uma espécie de lavagem a seco.

COM VISTA PARA o centro, lá estava o Anexo de Satterthwaite. Aqueles terrenos bem-cuidados tinham uma tranquilidade digna de sonho, enquanto o sol descia por trás das montanhas distantes. Wadsworth Burr morava numa imensa casa de estilo espanhol, perto da esquina da Yandell com a Corto.

Rawbone foi levado à sala por uma jovem oriental, que se movia num silêncio gracioso sobre o chão de cerâmica. O pé-direito alto mantinha os ambientes arejados, exatamente como ele se lembrava.

Burr estava sentado a uma mesa desmontável, geralmente usada durante campanhas militares, diante de uma grande janela envidraçada, de onde podia ver o Rio Grande serpentear através de uma região estreita do deserto.

Burr não era muito mais velho do que Rawbone, mas visitar esse advogado que um dia fora famoso era como fazer um estudo sobre contrastes surpreendentes. Ele tinha começado a tomar morfina pouco antes do 4 de julho em que Rawbone abandonara sua família.

— Você parece ter saído direto de uma história de Dickens, ou, no mínimo, de Victor Hugo — disse Burr.

— Eu realmente estou passando por muita necessidade, se é isso o que você quer dizer.

Burr se moveu até um carrinho com diversas bebidas alcoólicas. Rawbone jogou o chapéu de lado e, enquanto o advogado se servia, percebeu que seus punhos tinham a espessura de uma correia e seu rosto cavado e queixo ossudo se pareciam com as feições de um vagabundo de rua.

Rawbone se serviu de uma bebida. Dando a volta na mesa, ele cumprimentou Burr e percebeu uma seringa pronta sobre um guardanapo branco.

— Você devia ter ficado só no uísque.

— Mas eu tinha uma vontade incrível de exprimir as falhas do meu caráter.

Enquanto Rawbone andava até a janela, Burr perguntou:

— O que é que te fez sair do exílio?

— Eu topei com uma oportunidade de negócios.

— Ahhh. Vou refrear a minha curiosidade.

Rawbone continuou olhando pela janela, vendo a terra começar a se tingir com o pôr do sol.

— Eu soube que o Anexo agora se chama Sunset Hills.

— É. Um tom meio que de cemitério, você não acha? Parece que o Sr. Satterthwaite passou por um revés na vida, que é uma coisa com a qual eu acho que você deveria ter cuidado.

Burr esticou o braço e pegou uma folha de papel e uma caneta-tinteiro.

— Vejo que você ainda prefere os chineses — disse Rawbone.

Burr escreveu algo no papel, dobrou e o colocou como se fosse um biombo sobre a mesa.

— No meu coração, sempre houve um lugar para os pecados e a passividade.

— Eu passei pelo *barrio*. A Adobe Row não existe mais.

— Uma troca razoável. Todas as culturas preferem substituir a vaidade dos outros por suas próprias.

Rawbone voltou a dar a volta na mesa. Do bolso ele tirou um conhecimento de embarque* e o mostrou a Burr.

— Isso é de uma pessoa que lida com comércio exterior aqui em El Paso. O que você sabe sobre ela?

Burr examinou o pedaço de papel.

— Eu não conheço essa empresa. Mas vejo que se trata de material para se fazer um depósito de gelo. — Ele devolveu o papel. — Você e objetos para refrigeração são coisas que testam os limites da minha imaginação.

— Uma revolução está para explodir.

— Já explodiu.

— As armas serão vendidas acima do preço. Caminhões de três toneladas também.

— Saia da cidade esta noite — disse Burr. — Vá até Juárez. Vou cuidar para que você seja apresentado a umas pessoas muito importantes.

A atenção de Rawbone pareceu se dispersar por um momento.

— O que você sabe sobre o menino?

Burr examinou o amigo com cuidado.

— Ele já não é mais um menino, né?

— Ele está aqui?

Burr apontou para o biombo de papel na mesa. Rawbone pegou-o com dois dedos e leu: *O que não pode ser esquecido precisa continuar no esquecimento*. Rawbone então dobrou o papel duas vezes e o colocou no bolso.

— Você pode se trocar no quarto que fica em cima da garagem. Tem muita roupa lá. Algumas vão te servir. E você precisa se vestir a caráter.

---

* Em inglês, *bill of lading*: Documento que comprova o tipo e a quantidade de mercadorias que serão transportadas em um navio, avião etc. (*N. do E.*)

— Obrigado, Wadsworth.

Ele serviu mais um copo e pegou o chapéu. Quando o outro estava para sair, Burr, depois de pensar um pouco, falou:

— Pese bem as suas opções, mas não se deixe levar por uma causa perdida. — Rawbone parou no meio da sala e olhou para trás. — Você sempre se saiu melhor quando foi egoísta e sem remorso, com uma pitada de senso de humor.

— Vou levar isso em conta, meu amigo.

— Veja bem. A cidade não é mais como era antigamente. Tem muita violência por aí. Agentes disfarçados por tudo que é lado. Mais xerifes, mais gente da lei, mais socorristas. E agora o Bureau of Investigation.

— É bom saber que estamos em mãos tão eficientes.

— Há uma nova lei em vigor. A Lei de Mann. Ela dá ampla liberdade ao BOI em investigações relacionadas à segurança nacional. Os escritórios ficam no Hotel Angelus. E sabe quem manda lá? O juiz Knox.

QUATRO

HAVIA UM TELEFONE no teatro ao lado do prédio onde estava a garota. John Lourdes ligou para o escritório do BOI no Hotel Angelus. Seu comandante de campo, o juiz Knox, tinha saído, mas um secretário anotou suas observações e pedidos.

A garota passou a noite lá. Dormiu num sofá frágil, encolhida como uma criança. Uma vela solitária ficou acesa numa mesa próxima. Do lado de fora da janela não dava para divisar as sombras que vinham lá de dentro.

John Lourdes ficou na escada do fim do corredor, para poder ver qualquer pessoa que entrasse ou saísse do prédio, mas ninguém passou por ali. Embolou o casaco como um travesseiro e fez o papel de um vagabundo procurando um lugar para dormir, fora das ruas. O prédio ficou escuro e vazio. Qualquer barulho vago e distante parecia um breve ruído dentro de um sonho.

Enquanto esperava amanhecer para continuar sua vigília, não conseguiu tirar a garota da cabeça. Ela parecia tocar em algum ponto mal articulado dentro dele. Além disso, achava que ela e a conversa que ele teve com os alemães — se é que se podia chamar aquilo de conversa — estavam interligadas, como se fossem parte de uma mesma experiência.

Ele sempre investigava melhor quando analisava os detalhes à distância. Também era assim que se sentia mais à vontade no mundo, quando o vivia à distância.

Passou a abordar o que estava acontecendo com o mesmo olhar frio. No caso da garota, em parte era o silêncio dela que o atingia. O silêncio que ela exsudava enquanto atravessava a ponte e caminhava sozinha quase que num outro mundo em relação a tudo ao seu redor, mas sem deixar de se manter alerta.

Agora, os alemães e seus comentários sobre os "impuros" o deixaram enrijecido, com seu passado totalmente exposto. O que eles disseram o enfurecera imensamente, não só pelas implicações racistas e degradantes, mas porque ele, efetivamente, se sentia de certa forma "impuro".

Nem o BOI nem o juiz Knox sabiam que o criminoso e assassino chamado Rawbone era seu pai. John Lourdes havia relegado esse pequeno detalhe acerca de seus ancestrais à lata de lixo da história, inventando um conto sobre um pai anglo-saxão, já falecido, chamado Lourdes. Fez isso não só porque sentia uma vergonha inquestionável, mas porque era guiado por aspirações de construir uma carreira e ter uma vida melhor e sabia que esse crime do acaso não contaria a seu favor.

Foi essa a expressão utilizada por um amigo de seu pai, um homem que sua mãe considerava "indigno e asqueroso". O amigo era um advogado que caíra em desgraça chamado Burr. Quando menino, John estivera algumas vezes na grande casa branca, que ficava na colina com vista para El Paso, na companhia do pai. Geralmente, era noite, os dois homens falavam em segredo e, depois disso, o pai costumava desaparecer por dias seguidos.

Uma noite, antes de saírem, Burr pôs um pouco de papel-moeda na camisa do menino e falou:

— Está vendo o seu pai lá embaixo? Você pode agradecer a ele. O seu nascimento foi um crime do acaso. Mas, enfim, toda criança que nasce é um crime do acaso.

Burr falou de um modo que até John Lourdes, por mais jovem que fosse, sabia que a afirmação tinha um cunho malicioso, uma maneira de contaminá-lo. E agora, depois de tantos anos, além das horas sem descanso e dos mistérios que o afligiam, além de todas as metas, objetivos e intenções, havia essa necessidade tão definitiva, como se poderia esperar, de que ele, John Lourdes, viesse a ser o homem que derramaria o sangue de seu pai, que dele seria a mão encarregada de sua morte.

Quando a aurora começou a penetrar o corredor do edifício, ouviu-se o som esporádico de alguns tiros. Não era um bom sinal. Pouco tempo depois, a garota saiu da sala com um homem. Ele devia ter estado lá a noite toda, porque Lourdes não o havia visto entrar. Era um sujeito pequeno, que usava óculos e parecia ser mexicano. Estava bem-vestido, sem chamar muita atenção, a não ser pelo invólucro de uma faca pendurado no cinto do revólver, embaixo de seu casaco de feltro verde.

Foram direto para a ponte de Santa Fé, seguidos por Lourdes, mas essa estava longe de ser uma manhã comum. As ruas transbordavam de gente. Panfletos, conclamando os cidadãos a levantar armas contra o governo de Díaz, estavam sendo distribuídos. Havia uma atmosfera cheia de raiva e de vingança pelo fato de o presidente ter renegado sua promessa de eleições livres. Passar por aquele trânsito caótico era quase impossível. Por toda parte, armas eram erguidas e disparadas, sem a menor preocupação com as consequências. Uma bandeira do governo era queimada na rua e as cinzas se espalhavam no ar. Mais à frente, no hipódromo, os cavalos foram soltos dos estábulos e trotavam pela Paseo.

Foi então que a cavalaria de choque do presidente Díaz apareceu mais à frente na avenida, com as colunas formando uma parede e bloqueando o bulevar. Quando o comandante ordenou que preparassem as lanças, os soldados responderam prontamente.

Postaram-se com o sol batendo em suas costas e a linha de batalha brilhando sob o calor. O comandante deu ordem para a multidão se dispersar, mas ela continuou lá, em desafio. O mexicano, levando a garota pela mão, foi abrindo caminho entre os gritos dos revoltosos, em direção aos edifícios, onde ele acreditava que estariam a salvo. Mais uma vez o comandante berrou ordens e novamente a turba respondeu com uma chuva de xingamentos e braços erguidos com punhos fechados.

A ordem foi dada e os soldados arremeteram de maneira imediata e brutal. A maioria dos cidadãos recuou em pânico; alguns se mantiveram imóveis e atiraram. A rua se tornou uma confusão de poeira amarela e de gritos. O pandemônio que se seguiu engolfou o mexicano e a garota. Os dois se desgarraram um do outro. Ele foi levado por uma onda de gente calçada abaixo, enquanto ela era pisoteada.

John Lourdes conseguiu se manter de pé e então abrir caminho para a frente. Chegou até a garota, que estava caída na calçada tentando se proteger. Ele a levantou e os dois passaram por uma porta aberta. A moça estava amedrontada e sangrando — tremia. Ele a segurou nos braços até que ela se acalmasse. Ela agradeceu movimentando a cabeça e colocando a mão sobre o coração do rapaz, que pensou em fazê-la atravessar a fronteira para os Estados Unidos e, de alguma maneira, interrogá-la. Foi então que o mexicano apareceu repentinamente, distribuindo socos no meio de um turbilhão de corpos que batia em retirada. Tinha sacado um revólver e o apontava ameaçadoramente para John Lourdes mandando que ele se afastasse, que fosse embora dali.

Dava para ouvir o barulho dos tiros até do Rio Grande. O boato sobre o assalto do meio-dia no hipódromo logo se espalhou. Os americanos se juntaram na margem do rio. O ar sobre os prédios da avenida Paseo de Triunfo estava todo enfumaçado. Quando o mexicano levou a garota para a ponte, John Lourdes já estava ali, esperando.

Ele a viu descer a escada de madeira desgastada até o galpão de quarentena. O homem a manteve sob guarda permanente até que ela desaparecesse dentro daquele prédio de aparência sombria. Então ele olhou para o lado americano e pareceu fazer sinal para alguém. John Lourdes examinou o pessoal do outro lado do rio, para ver quem poderia ser.

A garota apareceu e então, como sempre, subiu para Santa Fé. John Lourdes a seguiu. Ela não tinha andado mais do que alguns metros quando um homem saiu da multidão e a agarrou pelo braço.

Ele era bastante alto e magro. Parecia ser muito mais velho, vestia calças plissadas e colete. Tinha um rosto longo e austero e não disse uma palavra.

Um bonde parou e o homem pressionou a garota para embarcar. John Lourdes se dirigiu aos bancos de trás e, enquanto era conduzida para um assento, ela o viu. Olhou tão fixamente para ele que o homem ao lado dela se virou para ver o que é que havia lhe chamado tanto a atenção. John Lourdes se recostou, misturando-se a uma parede de passageiros sem rosto. Seguiram no bonde até o parque na esquina da Oregon com a Mesa. Entraram no edifício Mills. John Lourdes foi atrás deles e de outras pessoas no elevador. A garota se preocupou em não olhar para ele. Tremia muito. Subiram até o quinto andar. Seguiram para um lado do corredor e John Lourdes foi para o outro. A sala onde eles entraram era a de número 509. Lá embaixo, o letreiro dizia: REMESSAS SIMIC — COMÉRCIO EXTERIOR, SALA 509.

Havia uma tabacaria no lobby, ao lado da entrada do Modern Café. Foi de lá que Lourdes fez sua chamada. Do outro lado do parque ficava o Hotel Angelus, onde a base do BOI estava instalada. Avisaram a Lourdes que o juiz Knox e um assistente estavam chegando do norte de El Paso. Ele comprou cigarros e esperou no Café. Anotou todos os detalhes em seu caderno de anotações.

Ele estava recolocando o caderninho no bolso do casaco e indo pegar um pouco de sol e de ar puro quando esbarrou em um senhor que entrava no lobby. John Lourdes ergueu a cabeça para pedir desculpas mas não conseguiu falar nada.

— Olhando para baixo desse jeito, você pode até encontrar umas moedas no chão, mas tem que encarar as armas de frente se quiser ser alguém nesse mundo.

E, com isso, seu pai lhe ofereceu um sorriso despreocupado e seguiu em frente.

CINCO

RAWBONE ENTROU NOS escritórios da Simic Comércio Exterior. Meia dúzia de homens estavam numa conversa particular em volta de uma mesa. Quando ele entrou, fizeram silêncio. Ele ficou ali, esperando em seu terno bem-cortado e chapéu novinho em folha.

— Podemos ser úteis de alguma maneira? — disse o que estava atrás da mesa.

— Essa é a pergunta certa — replicou Rawbone —, só que feita pelo homem errado.

Aproximou-se da mesa e entregou o conhecimento de embarque do caminhão. O homem o examinou com atenção, enquanto os outros apenas observavam. Sua fisionomia ficou ainda mais fechada quando voltou a olhar Rawbone. Ele se levantou, foi até a porta de uma sala particular e bateu.

— Sr. Simic, eu preciso de um minutinho.

A porta se abriu um pouco e o homem entrou. Pela abertura, Rawbone viu uma jovem envolta num cobertor, sentada num canto do chão.

Enquanto esperava, Rawbone se apoiou no guarda-corpo de madeira que marcava a entrada do escritório. Respondeu desinteressado aos olhares dos outros, simplesmente se abanando com o chapéu.

A porta da sala particular se abriu e o homem que o atendeu saiu primeiro. Atrás dele vinha um senhor mais velho, com um rosto comprido e austero, que segurava o conhecimento de embarque. Não se deu ao trabalho de se apresentar.

— Como foi que isso veio parar na sua mão? — perguntou.

Rawbone não respondeu.

— Foram os motoristas?

Rawbone fez o sinal da cruz.

Os homens da sala assumiram o ar de um grupo de caçadores. Simic mandou que um deles fechasse a porta. Nessa hora, Rawbone abriu o paletó e pegou um lenço que estava no mesmo bolso que o cabo preto de uma pistola automática, colocada de um jeito que todos podiam ver.

— Quem é você? — perguntou Simic.

— Pense em mim... como Tom, o engraxate. Ah, você não sabe quem é... É um herói criado pelo escritor Horatio Alger, educado na dura escola da pobreza. Que, com sorriso e animação, supera as dificuldades da existência para conseguir... uma fortuna bem satisfatória. — Seu sorriso de sarcasmo desapareceu. — Agora, vamos colocar as cartas e os nossos corações puros na mesa.

* * *

John Lourdes atravessou a rua em frente ao edifício Mills. Naquele dia do ano do Nosso Senhor, ele completava 25 anos de idade. Ficou à sombra de uma estátua na entrada do parque de San Jacinto, de onde podia ver o lobby e esperar pelo juiz Knox. Aquele maldito verme que era o seu pai tinha saído das regiões já cicatrizadas de sua memória direto para a luz do dia, vestido como se fosse gente de verdade e com a arrogância fria dos que se acham acima da lei e da ordem.

Mas hoje haveria um acerto de contas.

E então alguma coisa — pode chamar de superstição, se quiser — se apoderou de John Lourdes. Ele olhou o parque, através de um caminho coberto de árvores. Quando menino, fora lá muitas vezes com o pai. Havia um laguinho cercado por um muro de pedras onde moravam uma meia dúzia de jacarés. Como é que eles foram parar ali, não se sabia. Mas, numa noite de inverno, seu pai convencera uns bêbados a os tirarem dali, para que eles não morressem congelados de frio.

E o menino ficou ali, vendo o pai e um bando de bêbados tirarem uma monstruosidade pré-histórica atrás da outra e colocá-las em sacos de lona. Eles os levaram até um salão pestilento e os mantiveram aquecidos ao lado do fogão, enquanto o garoto ficava no bar, sentado com as pernas cruzadas, e via o velho descansando numa cadeira entre os bichos. Tinha um cigarro na mão e com a outra jogava mescal de uma garrafa na cabeça dos jacarés capturados.

— Eu te batizo em nome do pai, do filho...

John Lourdes tinha que se lembrar que nada estava além da imprevisibilidade de seu pai.

O juiz Knox chegou com um agente chamado Howell. Knox era um homem comum, de fala macia. Tinha a vista ruim, usava óculos e era estranhamente obcecado pela segurança que a burocracia representava. Sua principal crença era de que a necessidade e o desejo centrais do povo eram a burocracia e não a liberdade, a individualidade ou a possibilidade de se rebelar. Os homens buscavam um sistema burocrático eficiente e sua expressão final era a ordem.

Knox nunca se deixava levar pela raiva ou por desejo de vingança. Nesse sentido, ele era totalmente sem coração, o que, por sua vez, o deixava fora do alcance da simpatia e da compaixão de outras pessoas. Não tinha qualquer ligação pessoal com seus agentes, nenhum interesse por seu bem-estar pessoal e exigia que encarassem a profissão exatamente como ele encarava.

— E a garota? — perguntou.

— Continua na sala 509.

Knox colocou a mão na cintura e olhou o prédio. Enquanto ele pensava num plano, John Lourdes se endireitou e falou:

— Ah, senhor, tem mais uma coisinha...

Quando Rawbone saiu do edifício Mills, ele atravessou a rua e seguiu direto pelo meio do parque de San Jacinto. As mãos estavam nos bolsos das calças e ele usava o chapéu numa posição esquisita. No entanto, estava suficientemente atento, olhando várias vezes para trás.

Os turistas se debruçavam sobre a amurada de pedra do pequeno lago para verem os jacarés se moverem pelas águas paradas e infestadas de mosquitos. Rawbone ainda não tinha caminhado muito longe quando a memória de uma noite de inverno nos idos de 1892 voltou à sua mente. Podia ver seu filho lá, naquele salão horrível, com a lâmpada de querosene sobre sua cabeça, envolta numa cortina de fumaça. Seu filho... tinha acabado de completar 7 anos.

Mas agora não havia tempo. O presente era mais importante. Ele subiu num bonde. Andou por meia dúzia de quarteirões até chegar a um estacionamento vazio onde tinha estacionado o Cadillac de Burr. Ligou o motor, engatou a primeira e disse adeus ao centro, em meio a uma nuvem de poeira.

Rawbone bebeu e afrouxou o nó da gravata, enquanto descrevia para Burr a hora que passara com aquele júri de estranhos na sala do quinto andar. Uma coisa que Burr podia apostar a respeito do amigo é que ele era capaz de transformar um simples ato criminoso num momento de esplendor pessoal.

Ele disse a Burr que iria tirar a mercadoria de El Paso naquela noite. Então, quando ergueu um brinde e disse "O México ou a morte", Burr viu que ele hesitou, viu aqueles olhos cor de ágata examinarem tudo à sua volta e sua atenção se voltar para o barulho de pneus freando e de botas batendo no cascalho que vinha da frente da casa. Olhou por uma fresta da cortina e viu o juiz Knox e mais dois homens subirem rapidamente pelo caminho até a porta e cercarem a casa com armas em punho.

— Puta merda — disse ele, correndo de um lado para o outro, passando por Burr e entrando na cozinha, o que assustou a cozinheira, que soltou um gritinho. Mas foi recebido por tiros quando chegou no alpendre.

Ele se jogou no chão, com sua arma a postos, e se escondeu atrás do guarda-corpo do alpendre. Ficou ali sentado e ofegante e, quando exigiram que se rendesse, gritou:

— Ou vocês são bons cristãos, ou atiram muito mal. De qualquer maneira, as duas coisas depõem contra vocês.

Foi então que Rawbone ouviu vozes vindo de diversos locais da casa. Conseguiu perceber quando o juiz Knox gritou para os seus homens, que informaram que Rawbone estava cercado no alpendre. Ele juntou as pernas e colocou as mãos nos joelhos.

O juiz Knox berrou, de alguns metros de distância:

— Renda-se por bem!

Com raiva, Rawbone bateu com a parte de trás da cabeça na parede do alpendre.

— Eu estou dentro do cu de um cavador de poço que está no fundo de um buraco. — Gritou: — O que diz o meu advogado?

— Renda-se por bem — respondeu Burr.

— Esse é o melhor conselho jurídico que você pode me dar?

— O melhor eu estou guardando para mais tarde. Por enquanto, é esse o que você tem que usar.

Ele se levantou na luz amarela, braços para cima, e foi cercado nos degraus do alpendre. John Lourdes viu como trataram sua captura como se fosse uma cerimônia enfadonha e formal. Enquanto o algemavam e o levavam, Rawbone percebeu que um dos agentes era o rapaz com quem ele falara no lobby do edifício.

— Bem, percebo que você seguiu meu conselho e levantou sua arma.

SEIS

ACONTECEU MUITO RÁPIDO e não teve sequer um pouco da força que John Lourdes sempre imaginou que teria. Ele esperava que alguma lei física da existência fosse ser afetada. Não houve sofrimento nem reconhecimento por parte daquela figura torpe de que agora ele iria encarar seu fim. John Lourdes se sentiu vazio e árido, como se a poeira de tudo que fora a sua vida até então passasse pelas feridas abertas de seu peito.

John Lourdes andou com o juiz Knox e outro agente naquilo que mal podia ser chamado de automóvel. O agente Howell recebera ordens de seguir a garota quando ela saísse do edifício Mills e pará-la na fronteira. Naquele momento, ela estava sendo mantida incomunicável num porão da Imigração.

Quando Knox e os agentes chegaram, a garota estava encolhida no chão atrás de alguns arquivos. Uma visão de dar pena, ela se balançando para a frente e para trás, enquanto mantinha o rosto escondido atrás das mãos.

— O que está acontecendo aqui? — perguntou Knox.

Howell apontou a garota.

— Ela é uma imbecil.

Lourdes tomou a frente do agente, dizendo:

— Eu avisei que ela era surda.

— Pode até ser, mas continua sendo uma imbecil.

Knox respondeu a Howell com um olhar duro:

— Ela tem a informação que nós queremos.

— É uma imbecil.

Lourdes se ajoelhou. A garota se retesou ao ser tocada, mas, com gentileza, ele conseguiu que ela tirasse as mãos do rosto. Quando ela finalmente o viu, pareceu relaxar um pouco, mesmo olhando fixamente aqueles homens estranhos num ambiente hostil. Ele a fez se levantar e a levou para se sentar à mesa. A sala tinha paredes de tijolos e nenhuma janela. Havia uma única lâmpada elétrica pendurada no teto. Era um lugar horrendo, do tipo que não apaziguava em nada os temores de alguém, mas ele tentou fazer isso colocando a mão sobre o próprio peito e depois tocando o ombro dela.

Ele se virou para o chefe:

— Senhor?

— Será que alguém sabe como lidar com ela?

Ninguém sabia. John Lourdes foi o único a sugerir:

— Posso tentar uma coisa, senhor?

— Ela parece ficar mais à vontade com você.

Ele se sentou do outro lado da mesa, de frente para a moça. Ele já vinha pensando em algumas maneiras de se aproximar dela, no caminho até a Imigração. Tirou um lápis e um caderno de anotações do bolso e começou a escrever.

— Ela é uma imbecil — repetiu Howell.

Lourdes não retrucou.

— E, além do mais, é mexicana.

— Eu estou escrevendo em espanhol.

— Ah — disse Howell —, eu me esqueci. Você é um deles.

Lourdes se virou e encarou Howell.

— Agora chega — disse o juiz Knox.

Quando terminou, Lourdes passou o caderno para a garota do outro lado da mesa e apontou para o que escreveu: *Você sabe ler? Escrever? Você entende isso?*

Ela olhou o bilhete, os homens e então ficou ali, sentada, mergulhada nos recônditos da mais absoluta tristeza. Eu compreendo, pensou ele, eu estou tão sozinho aqui quanto você. Os homens estavam ficando impacientes. John Lourdes pegou o caderninho e escreveu: *Não tenha medo. Deus e eu vamos cuidar para que você fique bem.*

Ele lhe entregou o caderno. Ela olhou o bilhete e depois o encarou com a honestidade pura de uma criança, pegou o lápis e começou a escrever, uma linha depois da outra. Quando terminou, John Lourdes leu em voz alta: "Sim, eu sei ler e escrever. Muito melhor em espanhol do que em inglês. Mas sei ler e escrever nas duas línguas. Eu não nasci surda. Aconteceu quando eu tinha dez anos. Antes de minha ida para a escola de freiras da Igreja de Nossa Senhora."

John Lourdes perguntou ao comandante:

— E agora, senhor?

— Pergunte por que ela atravessa a fronteira de um lado para o outro.

Ela o viu escrever, depois respondeu por escrito: *Isso vai me causar algum problema?*

Não, escreveu ele.

E ela: *Eu levava dinheiro costurado nas minhas roupas.*

Ele leu em voz alta. Os agentes olharam e conversaram entre si. O comandante passou uma instrução a Lourdes:

— Pergunte para que era o dinheiro.

Ela respondeu: *Meu pai me mandou fazer isso e eu fiz.*

Lourdes pensou um pouco e escreveu: *O homem que te levou até a fronteira, aquele com o revólver. Quem é?*

Ela escreveu, meio trêmula: *Ele... é meu pai.* E acrescentou: *O que vai ser de mim agora? Meu pai me viu ser levada. Vai querer saber o que aconteceu e eu vou ter que explicar. Estou com medo.*

John Lourdes olhou para o juiz Knox, que estava quieto e pensativo e falou:

— Dinheiro chegando do sul... Certamente não pode ser para droga. Contrabando... armas. Isso é o mais provável. Então, provavelmente temos aqui uma ligação com uma operação de contrabando. Até que ponto ela vai daqui até o outro lado da fronteira? Que ramificações políticas pode ter? Não devemos interferir até sabermos mais sobre isso. Isso quer dizer que a garota vai ter que voltar. Senão, eles podem pensar o pior e reestruturar a operação.

— Use a filha para ameaçar o cara — palpitou Howell. — Põe ela no xadrez. Deixa alguns dias lá e então traz o pai até aqui.

— É uma sugestão fraca — sentenciou Lourdes. — O pai pode ser só alguém que anda de um lado para o outro.

O juiz Knox tirou os óculos e esfregou as marcas que eles deixaram em seu nariz. Questionou um dos agentes a respeito dos estatutos de Imigração.

— Senhor, existem restrições aos moralmente suspeitos, aos doentes, aos trabalhadores...

— A cláusula de PDE — apartou John Lourdes — faria mais sentido.

— É — disse o agente. — A possibilidade de ela ser uma Possível Dependente do Estado, uma estrangeira que depende do governo americano para se manter, faria sentido nesse caso.

Depois de ponderar um pouco, Knox concordou.

— Faça a Imigração inscrevê-la como possível dependente. Explique isso a ela, Lourdes, e então pode soltar.

Mais tarde, John pediu permissão para se certificar de que a garota atravessaria a fronteira em segurança. Knox aceitou e ele a levou de carro até a escola das freiras, na igreja. Aconselhou-o a ir até a escola e pedir que uma das religiosas a acompanhasse até em casa, acreditando que isso daria mais credibilidade à cláusula de PDE e atenuaria qualquer temor ou desconfiança sobre o motivo de sua detenção e do interrogatório da Imigração.

Enquanto estavam sentados na frente da igreja, onde a luz esfumaçada da sacristia se espalhava, quente e dourada, pela noite, o juiz Knox recebeu um telefonema de Burr em seu escritório. Ele queria marcar um encontro, naquela noite, se possível, para negociar um acordo de seu cliente com o BOI, oferecendo em troca informações relevantes sobre uma operação de contrabando.

A garota apontou para o bolso de John Lourdes, indicando o lápis e o bloco de papel. Escreveu: *Eu não sei nem o seu nome.*

E ele: *John Lourdes. Eu sei o seu. Teresa. É um belo nome.*

Ela desenhou uma cruz numa folha em branco, com linhas partindo dela e abrindo um leque. Ele levantou os ombros para perguntar o que era.

Ela escreveu debaixo da cruz: *Deus vai te iluminar quando você mais precisar.*

Ele agradeceu e colocou o bloco no bolso outra vez. Ficou olhando para o horizonte e, quando finalmente se virou, ela desviou o olhar. Tinha olhado intensamente para ele por muito tempo e, quando percebeu isso, ficou encabulada.

De repente, ele teve uma sensação de estar de volta à infância, da pessoa que ele era antes da... da queda dos anjos, por assim dizer. A sensação estava em torno dele, na escuridão perfumada, na luz da porta da igreja, na brisa seca. E, acima de tudo, no retrato simples daquela jovem menina com as mãos cruzadas no colo.

A pura beleza de se sentir verdadeiramente vivo e cheio de possibilidades tomou conta de seu corpo. Ele fechou os olhos e tentou absorver totalmente aquele sentimento se agarrar a ele. Então, a jovem tocou em seu braço para mostrar que ia sair do carro.

Naquela noite, ele tentou dormir, mas não conseguiu. Ficou deitado na cama no quartinho que alugara e que era todo o seu mundo. Naquele dia de 1910, o rio havia passado de um extremo a outro de sua existência e, enquanto ele estava ali deitado, um acordo estava sendo tecido e o jogaria nas margens de mais uma existência.

De manhã, foi despertado pelo senhorio. Havia uma ligação para ele no telefone do hall. O juiz Knox mandava que ele fosse imediatamente ao tribunal, sem falar com ninguém. Rawbone seria solto.

SETE

O TRIBUNAL NO CENTRO da cidade era um prédio de três andares, de fina arquitetura, que se erguia de forma amedrontadora na infinitude espartana do Oeste.

Oficialmente, não havia um juizado federal. O tribunal e os escritórios do governo federal ficavam no segundo andar. O prédio possuía uma cúpula cuja luz se espalhava pelos desenhos do teto.

O juiz Knox conversava com um advogado quando John Lourdes chegou. Ele esperou impaciente, com raios de sol que atravessavam a cúpula atingindo em cheio o seu pescoço, até a conversa acabar. Então Knox, sozinho, aproximou-se dele.

— Sr. Lourdes, eu aprecio a sua rapidez. Nós temos muito o que...

— Senhor, será que eu entendi direito...?

— Sr. Lourdes, o senhor vai entender direito quando eu terminar de explicar. E aí não precisará apressar a minha conversa.

— Peço desculpas, senhor.

Knox o tomou pelo braço e os dois se afastaram alguns passos. Ele falou reservadamente sobre a noite anterior. O juiz distrital havia permitido que utilizassem sua sala, de modo que o mínimo de pessoas possível soubesse daquele encontro. Knox ficara atrás da cadeira do juiz. Ele havia removido a única cadeira confortável disponível para os advogados, deixando apenas uma cadeira dura e capenga para Burr quando ele chegou. O advogado, vestido com um elegante terno de gala, podia muito bem estar indo à ópera. Mas sentou-se na cadeira dura e cruzou as pernas, tinha um cigarro numa das mãos e deixava as cinzas caírem na palma da outra.

— O senhor tinha um agente de campo no edifício Mills quando o meu cliente entrou lá.

— Tinha — respondeu Knox.

— E, a menos que ele estivesse tomando um café no Modern ou fazendo compras na loja que dava para a rua, ele estava em serviço.

Knox não deu resposta.

— Nós dois sabemos que tipo de gente aquele edifício começou a atrair, desde que ficou claro que haveria uma revolta. Como já ressaltei, meu cliente possui informações que podem ser extremamente relevantes para uma investigação atual ou futura.

— Iremos interrogá-lo e, se essa informação se revelar valorosa e confiável, então...

— Eu não tenho nenhuma intenção de permitir que o meu cliente confie na boa vontade do governo federal.

— Ah, sim. Nesse caso, de que maneira o senhor poderá ser útil para nós?

— Meu cliente tem acesso exclusivo a certas pessoas que atuam na mais absoluta violação da lei americana. Ele possui um currículo singular que lhe permite circular livremente e sem restrições entre os elementos que você deseja descobrir, investigar e, no final, indiciar. Resumindo... para obter os serviços do meu cliente, o senhor deverá garantir, por escrito, sua total imunidade.

Burr se levantou. Caminhou até a janela, a abriu e despejou as cinzas do cigarro na escuridão. Esperou um pouco antes de voltar. E sorria, ao fazê-lo.

— Parece que uma das cadeiras do juiz está faltando.

— É mesmo? — perguntou Knox. — Eu nem percebi...

— Estava aqui na semana passada, quando estive com ele. Mas não importa. — Ele continuou na janela, recostado no parapeito. — Algum dia, Sr. Knox, o governo vai chegar à decisão puramente utilitária de que, para lidar com os imorais com eficiência e sucesso, é preciso contratar os serviços de outros imorais eficientes e bem-sucedidos. Aliás, eu posso até vislumbrar uma época em que a hierarquia dos executores das leis, que é a espinha dorsal da sua querida burocracia, vai se constituir inteiramente de ex-membros da classe dos desencaminhados.

— Eu imagino que o meu emprego correria um sério risco, diante dessa sua definição do serviço público.

— Será que é melhor contratar os serviços de homens bons que fazem tudo errado, ou contratar pessoas... de poucos escrúpulos morais... e ser bem-sucedido?

Knox se inclinou para a frente. Os pensamentos estavam se formando, possíveis planos de ação, pesando as diversas circunstâncias. Ele pôs os cotovelos na mesa e pousou o queixo sobre as mãos entrelaçadas e viradas para cima. Analisou Burr. A luz elétrica que vinha da parede deixava as feições do advogado ainda mais pálidas; o pescoço era visivelmente fino demais para aquele colarinho todo amarrotado.

— Isso é resultado das drogas? — perguntou.

Burr exalou uma fina linha de fumaça do cigarro.

— A morfina. É a morfina que...

— ...destruiu a minha vida. — Burr atirou o cigarro pela janela. — Eu sempre gostei de coisas asquerosas... acho que desde a infância. Talvez seja isso o que me faz ser um advogado tão eficaz e bem-sucedido.

— O que você propõe envolveria ter que cruzar a fronteira, certo?

— Sim.

— Nós não temos autoridade daquele lado.

— Isso não quer dizer que você não possa, ou não deva, mandar um agente com ele, para colher as provas e checar os fatos contra pessoas ou grupos que tenham o potencial de atingir a segurança nacional. Esse agente pode ter autoridade sobre o meu cliente. Isso faria parte do acordo.

— Como é que se pode ter autoridade sobre alguém com a biografia do seu cliente?

— Existe uma maneira.

— Alguns minutos atrás, você disse que não permitiria nunca que o seu cliente...

— Dependesse da boa vontade futura do governo americano. Com ênfase na palavra "futura".

Quando John Lourdes ouviu o juiz Knox dizer "imunidade total", sentiu vontade de vomitar de tanta raiva. Ficou sob a luz da grande abóbada, tentando entender todas as implicações daquela reunião com Burr.

— Agora — disse o juiz Knox — nós vamos mandar um agente para acompanhá-lo, quando ele for ao México. Esse agente vai ter a mais absoluta autoridade, ou pelo menos o controle tático. Estou pensando em você para essa tarefa.

— Eu, senhor?

— Você não é quem tem mais experiência de campo, mas é o único que é verdadeiramente bilíngue. Vou ser honesto com você. Eu tenho meus receios.

Lourdes não conseguia parar de repetir.

— Eu, senhor?

— É tudo uma questão de caráter.

— O caráter de quem? O meu?

Dava para sentir a raiva transparecendo na voz.

— Não me refiro a falta de caráter. É que... percebi sua reação quando Howell estava interrogando a garota. Senti a raiva na sua voz exatamente há um minuto, quando eu lhe disse o que ia acontecer. Eu não ponho em dúvida a sua dedicação. Mas preciso ter certeza de que o agente que eu mandar vai manter uma postura neutra e ver isso apenas como... a aplicação prática de uma estratégia. Assim como eu mesmo preciso me manter imparcial em meus julgamentos.

A neutralidade havia sido uma condição essencial para o sucesso de Lourdes. O domínio do eu exigia uma concentração e um compromisso extremos e assim, de certa maneira, o juiz Knox estava certo. Lourdes havia fracassado.

— Depois de atravessar a fronteira para o México, senhor, eu não terei qualquer autoridade legal sobre ele.

— Não.

— E como é que iremos controlá-lo?

— Ele sabe que, se violar o acordo tentando fugir, abandonar ou desertar, você tem ordens de matá-lo. Sabe que se ele o ameaçar, suas ordens são de matá-lo. Sabe que, se alguma coisa acontecer a você, mesmo que não seja culpa dele, será o mesmo que ele fugir de sua responsabilidade. Ele precisa trazer você de volta são e salvo.

— E por que ele deveria manter a palavra, se surgir uma oportunidade de escapar?

— Porque nós podemos dar a ele uma coisa que ele quer.

— Que é...?

— A possibilidade de limpar seu passado. A imunidade total.

Havia uma pureza egoísta nessa atitude do pai, que ele podia entender e acreditar. Era como se ele mesmo pudesse sentir isso.

— Isso quer dizer que ele tem sua própria "aplicação prática de uma estratégia".

A testa de Knox se franziu profundamente.

— Exatamente. E então? O que você diz dos temores que eu tenho em relação a você?

— Senhor, estou disposto a ir até o ponto que a aplicação prática de uma estratégia me mandar.

As ARMAS E uma mochila já estavam prontas sobre a cama. John Lourdes encontrava-se sentado à mesa, em seu quarto. Quando terminou de escrever seu testamento, dobrou o papel com cuidado e passou o polegar nas dobras. Depois, colocou o papel junto com a caderneta bancária, fechou e escreveu na frente: *Para ser aberto no caso de meu desaparecimento ou morte.*

O caminhão estava num estacionamento vazio atrás da casa de Burr. O juiz Knox deveria levar Rawbone para lá, clandestinamente. John Lourdes chegou cedo, porque queria se encontrar com Burr a sós.

Burr estava à sua mesa, onde se acumulavam vários livros de Direito e xícaras de café há muito esquecidas. A seringa também estava ali, sobre um lenço. Ele usava a mesma camisa amarrotada da noite anterior e o ar estava tomado pela fumaça de maconha quando Lourdes chegou, conduzido por uma empregada silenciosa.

O rosto de Burr assumiu uma expressão angustiada, ao ver o jovem pousar a pistola e o rifle sobre a mochila.

— Eles ainda não chegaram, como você pode perceber.

Enquanto Lourdes se aproximava da mesa, ele tirou um envelope do bolso do casaco. Burr olhava pela janela saliente. Do outro lado do rio, o contorno das montanhas se destacava no céu azul sem nuvens. O jovem colocou o envelope sobre a mesa, diante de Burr.

— O que é isso?

— Gostaria de contratar você como meu advogado.

Burr pegou o envelope e o virou. Leu o que estava escrito.

— Se eu fosse seu advogado, te aconselharia a não entrar nesse pesadelo quixotesco.

— E você é meu advogado?

Desesperado, Burr assentiu com a cabeça. Aceitaria a função.

Um carro estacionou na porta. Knox, Howell e o assassino, agora transformado em recruta. Eles viram Howell conduzi-lo até o quarto de hóspedes em cima da garagem. Rawbone continuava de terno e de chapéu.

— Parece um ser humano decente, sendo escoltado para casa depois de uma bela noite de farra — comentou Burr.

— Há uma caderneta bancária no envelope. — John Lourdes foi pegar a mochila e as armas. — Lá tem uma procuração assinada. Pode tirar os seus honorários dali. O resto é para me enterrar ao lado da minha mãe.

Burr pôs o envelope na mesa. Seu rosto desconsolado olhou para o outro lado da sala, fazendo uma viagem de volta no tempo.

— Eu me lembro de como você costumava se sentar naquela cadeira.

O corpo de John Lourdes arqueou.

— Então você sabe quem eu sou?

— Sei. Eu tenho os meus próprios detetives, para o caso de uma necessidade. Eu me lembro de ter lhe dado dinheiro uma noite e ter dito que o seu nascimento era...

— Um crime do acaso.

— Eu vi a expressão no seu rosto e me arrependi de ter dito aquilo.

— Se isso for um pedido de desculpas, eu aceito.

— Ele nunca deveria ter voltado. Eu avisei.

— Alguns homens não conseguem se conter.

— Espero que você não seja assim, John.

OITO

RAWBONE ESTAVA AO lado do caminhão, examinando-o bem de perto, quando John Lourdes saiu da casa. Ele ainda estava de chapéu, mas agora usava uma camisa mexicana branca e calças de lona, metidas numas botas bem desgastadas. Tinha uma trouxa com a alça passando pelo ombro e as mãos estavam bem postas sobre um cinto da região, que ele exibia na cintura. Knox e Howell o ladeavam e, quando ele viu John Lourdes se aproximar, tocou no chapéu e disse, sorrindo:

— Doutor Sei Lá Quem, eu imagino.

John Lourdes passou direto por ele e começou a guardar suas coisas na cabine do caminhão.

— Qual é o nome dele mesmo? — perguntou Rawbone, sem se dirigir a ninguém em especial. — Eu me lembro de ter lido sobre ele há alguns anos no *Herald*. Um sujeito que viaja pelos lugares mais escondidos da África, procurando um médico famoso e, quando o encontra, o homem mora numa comunidade pobre com uma tribo qualquer e ele diz: "Doutor Sei Lá Quem, eu imagino." Qual era o nome dele mesmo?

John Lourdes passou direto por ele de novo. Juntou-se a Knox e a Howell, que estavam a alguns metros de distância, e então finalizaram os planos. Enquanto esteve sozinho, Rawbone deu uma olhada e tentou ver, sem chamar a atenção, se uma arma que ele tinha enfiado atrás da cabine continuava lá.

Os homens terminaram a conversa e se cumprimentaram. Rawbone se afastou da cabine, quando John Lourdes veio em sua direção e falou:

— Entre na cabine. Eu vou dirigir.

— Sim, senhor — respondeu Rawbone.

O caminhão saiu aos trancos do estacionamento cheio de vegetação rasteira e depois passou pelo caminho diante da varanda, onde Burr agora se postava. Ele observou os dois homens com um olhar pensativo e em seu coração ficou marcada a maneira como as falhas do mundo moldam o destino dos homens.

Rawbone pôs o corpo para fora da cabine e gritou para o amigo:

— Depois que eu cumprir a minha penitência, vou voltar e aí nós dois vamos poder cometer alguns pecados.

Ele voltou a se recostar no assento e falou para John Lourdes.

— Se algum dia você precisar de um advogado bom e honesto, é ele que você deve procurar. Aquele filho da puta poderia ter absolvido Cristo.

— Dá para imaginar, já que ele parece ter feito um excelente trabalho para Satanás.

Eles viajaram em silêncio e pegaram uma estrada que passava por Fort Bliss. Seu destino, segundo Rawbone, era um lugar na cordilheira de Hueco, onde estavam escondidas as armas.

O caminhão subiu por uma série esburacada de escarpas baixas e cobertas de cascalho, de onde eles podiam olhar para trás e ver El Paso. O vale do Rio Grande tinha se tornado um vasto aglomerado de civilização, com a rede de fios das estradas e ferrovias partindo em todas as direções, até atingir um oceano de calor. O vale, àquela hora, naquele dia, lembrava tão perfeitamente os anos que Rawbone passara fora que ele praguejou baixinho.

John Lourdes notou a expressão irritada no rosto do pai, mas descartou como puro egocentrismo.

Rawbone desviou o olhar da paisagem de El Paso

— O seu nome é Lourdes, certo? John Lourdes...

Ele olhou o pai, cauteloso.

— Exatamente.

— Como é que você prefere ser chamado?

— Não faz diferença.

— Nesse caso, vai ser Sr. Lourdes. — Rawbone pôs a mão no bolso, em busca de um maço de cigarros. — Bem de acordo com nossos postos.

John Lourdes manteve a atenção na estrada. Mas agora ele estava pensando em como havia se esquecido da voz, da entonação e das inflexões. Ele tinha o dom de convencimento característico de um vendedor ambulante, mesmo que ele próprio não acreditasse em nada do que dizia.

Rawbone olhou o rapaz enquanto acendia o cigarro. As calças cáqui e as botas engraxadas. O colete e o chapéu Mallory impermeável. O próprio figurino da Montgomery Ward's. Alguém saído diretamente das páginas de um catálogo, exceto pela pistola automática que ele carregava.

— Isso aí é uma Browning?

— É.

— Quer um cigarro?

— Eu tenho o meu próprio maço.

— Você é de El Paso?

— Sou.

— Lourdes parece francês. Esse é um nome francês? Você é francês?

John Lourdes se inclinou por cima do volante.

— É um nome francês.

— Ouvi dizer que você tem um pouco de sangue mexicano.

— Eu sou descendente de mexicanos.

— E o seu sangue anglo-saxão? Ou será que francês agora também é anglo-saxão?

— Eu também tenho sangue anglo-saxônico.

— Então você é um mestiço.

— E por que não?

Rawbone esticou as pernas sobre o painel e cruzou os braços.

— É claro que todos nós somos mestiços, não é? A não ser pela porra daqueles hunos, que se consideram mais puros do que as partes nobres de uma freira. — Dessa vez ele usou o cigarro como se fosse um prego, golpeando o ar. — Até Jesus Cristo era mestiço. O maior de todos. Uma parte era homem, uma parte era Deus. Isso se você acreditar nessas maluquices. O que é que você me diz?

— Isso é profundo demais para mim.

Rawbone soltou uma gargalhada encobrindo seu olhar escuro e malicioso e gritou para o mundo vazio à sua volta, numa voz que ecoou:

— Olha só, nós temos aqui um jovem que é capaz de morder sem precisar nem abrir a boca.

Ele nem faz ideia, pensou John Lourdes, não tem sequer uma lembrança de que o sujeito sentado ao lado dele é o próprio filho. John Lourdes era só mais um rosto desconhecido no meio de uma multidão. Esse devia ser o seu passaporte para a indiferença emocional, mas não era. Ele queria que as feições duras e o olhar fixo fossem reconhecidos pelo que eram.

Mais adiante, na planície, ficava Fort Bliss. Primeiro, dava para ver o quartel com prédios de dois e três andares e então, uma fila depois da outra, tendas recém-erguidas. O acampamento tinha aumentado dramaticamente nos últimos meses e havia regimentos de cavalaria e vagões de suprimentos andando lentamente em meio a uma nuvem permanente de poeira.

— Estão se preparando para a revolução. Ela está prestes a explodir.

— Você acha isso? — perguntou Rawbone. — Quantos anos você tem?

John Lourdes ficou olhando para a frente e não respondeu.

— Dá uma olhada ali. Está vendo toda aquela artilharia?

Espalhado por vários metros quadrados de areia e folhas secas, havia um depósito de munição e de armas pesadas.

— Os mexicanos são só um alvo de treinamento, sem maiores consequências. Esses garotos estão aqui para se preparar para a guerra na Europa contra os hunos e aqueles latinos filhos da puta. Os senhores da guerra precisam de alguma coisa para se exercitar. E quem seria melhor do que uma peãozada suja e ignorante?

Os regimentos de cavalaria se aproximavam. John Lourdes desviou para o acostamento da estrada. Rawbone colocou o corpo para fora do caminhão e ficou em pé em cima do banco, erguendo a cabeça acima da capota de lona. Enquanto passavam, ele tirou o chapéu e, no meio de toda aquela poeira, começou a cantar para os soldados que marchavam:

I'm a Yankee Doodle Dandy
A Yankee doodle or die
A real-life nephew of my Uncle Sam
*Born on the Fourth of July**

As legiões cansadas de soldados riam ou soltavam vivas, enquanto outros só olhavam Rawbone, como se ele fosse um mendigo a ser evitado. Gritando "o país está orgulhoso de vocês", ele voltou para dentro do caminhão.

Respondeu ao olhar duro de Lourdes com um aceno malicioso.

---

* Trecho de "I'm a Yankee Doodle Dandy", música popular patriótica dos Estados Unidos. "Eu sou um rapaz ianque/ Ianque até morrer/ Um verdadeiro sobrinho do Tio Sam/ Nascido no dia Quatro de Julho." (*N. do T.*)

— Dê só uma olhada nesses garotos, Sr. Lourdes. Uma boa olhada mesmo, porque o que o senhor está vendo é um grupo tão imbecil como qualquer bando de mulas que se possa juntar. E sabe o que mais? Eles estão tão bem preparados para o que irão fazer quanto nós dois aqui.

NOVE

John Lourdes não disse nada. Permaneceu focado na tarefa para a qual fora incumbido. Quando menino, ele tinha visto o pai incorrer nesse mesmo padrão subversivo. A pura vontade de destruir, mesmo quando ia contra os seus próprios interesses. Se era isso o que o pai tinha em mente para o homem que agora chamava John Lourdes, então o filho enfrentaria esse assalto com um silêncio desafiador. Pode tirar desse poço tudo o que quiser, mas não sou eu quem vai beber dessa água, pensou John Lourdes.

— É isso mesmo. É melhor não prestar atenção. Eu tenho o hábito de comentar as coisas que vejo. É isso o que dá ser um veterano nesse tipo de jogo. Na verdade, tenho até um grande apreço pelas nossas forças armadas.

Ele tirou o chapéu e enxugou o suor na parte de dentro com uma bandana. John Lourdes olhou para ele e Rawbone, por sua vez, encarou o jovem com certo desconforto.

— Sr. Lourdes, o senhor acredita que o amor possa ser um veneno tão grande quanto o ódio?

— Perfeitamente.

— É muito sábio. Eu nasci numa cidade chamada Scabtown. Uma imundície cheia de esgoto e de gente. Era do outro lado do rio onde fica o Fort McKavett, no município de San Saba. Na maior parte, construído pelos alemães. Lá tinha muito alemão. Minha mãe era alemã. Ela ganhava a vida deitada na cama. O cafetão, que era o dono do bordel, costumava dizer que as garotas passavam tanto tempo com as pernas para cima, que ele estava surpreso de nunca ninguém ter tentado hastear uma bandeira numa delas.

John Lourdes ficou olhando, enquanto o pai passava de um cômodo a outro de seu passado. Era parte de um mundo sombrio de que o filho nunca tinha ouvido falar, sequer conhecido.

— Meu pai, ao que parece, pode ter sido um soldado. Certamente havia muitos passando por ali. Recrutas e oficiais. É claro que ele podia ser um burocrata furtivo sem qualquer vestígio de fibra. Ou podia ser algum padre que tivesse que benzer o próprio pinto toda vez que ele ficasse com vontade. É um crime do acaso. É assim que Burr chama esse tipo de nascimento. Um crime do acaso.

Rawbone foi tomado por uma repentina tristeza. O impensável havia se unido ao contraditório. Imagine só o que vem pela frente, já que não dá para reimaginar o que ficou para trás. Ele estava agora num calor escaldante na companhia secreta de sua alma. Uma amargura tão árida quanto a poeira da estrada bateu em seus olhos.

Ele olhou o rapaz que era o seu bedel e o rapaz desviou o olhar e pegou um maço de cigarros no bolso da camisa. Rawbone viu e se inclinou na direção dele, com um fósforo já aceso. John Lourdes aceitou o favor, a contragosto.

— A propósito, eu não estou falando só por falar. Eu tenho uma coisa importante a dizer.

— Pode falar.

— Daqui a dois dias, nós vamos estar em Juárez, eu vou pagar a minha penitência e me livrar disso. Mas você tem esse figurino da Montgomery Ward's e eu não tenho muita certeza se esse estilo vai ajudar a gente.

O filho olhou o pai por baixo da aba do chapéu. O rosto estava encoberto e assim o pai esperou.

— Você sabe por que está aqui? — perguntou John Lourdes.

— Por que estou aqui?

— Isso.

— É por causa da minha vida de indigente, senão...

— Não é não.

— Nesse caso, por que você não me conta?

— É só pensar um pouquinho.

— Prefiro que você faça o seu sermão.

— Você está aqui por minha causa. Porque eu o capturei.

O pai recostou no banco.

— Entenda isso. — Os olhos do filho estavam brilhando. — Você era um homem livre até eu entrar em cena. Por isso, você não pode dizer que eu errei até aqui.

A leste de Fort Bliss havia uma fonte natural onde uma espécie de parada havia sido erguida com refugos de madeira e papel alcatroado. Na beira de estrada, havia um clube noturno frequentado pelos soldados, quando precisavam cometer um pecadinho. Ele tinha duas lanchonetes, alguns mantimentos para serem comprados e um bordel que funcionava em meio expediente na oficina de um mecânico. Por ali sempre passavam muitos viajantes, já que ficava na estrada principal que ligava El Paso a Carlsbad.

Nesse ponto, eles saíram da estrada. E, enquanto John Lourdes conferia o radiador e enchia o tanque de gasolina usando alguns barris estocados no caminhão, Rawbone foi ao restaurante comprar algumas cervejas para a viagem até os montes Huecos, onde ele havia escondido os armamentos.

John Lourdes se recostou na carroceria do caminhão e olhou as montanhas. Pensava na melhor maneira de se preservar enquanto levava um carregamento ilegal de contrabando para o território mexicano.

— Eu sinto muita inveja de você.

Ele se virou. Um homem com um rosto grande e bigode espesso se aproximava. Tinha um sorriso corado e um corpo de trabalhador, mas as roupas eram de alguém bem posicionado.

— Belo caminhão, esse. Deve carregar umas três toneladas, né?

— É, sim.

O homem tinha as pernas tortas e mancava ao caminhar.

— Você se importa se eu der uma olhada nele?

— Não, senhor.

Ele olhou o chassi, admirando a técnica de fabricação com um olho clínico e um gosto por detalhes. Apontou as letras pintadas na lateral: AMERICAN PARTHENON.

— Essa empresa é sua?

— Não, senhor. Eu sou só o motorista.

— Bem, para mim você parece mais um alpinista.

Deu uma piscadela e então olhou o interior da cabine, estudando o volante e a caixa de câmbio no assoalho.

— Olhe o futuro, rapaz. É uma época emocionante. Deus do céu, o que eu não daria para ter a sua idade hoje.

Rawbone chegou no caminhão. Carregava duas garrafas de cerveja, que colocou no banco da cabine. Tinha ouvido o que o homem falara e olhava para ele.

— O seu sócio ali pode te contar como é. A vida passa como se fosse uma mijada. Olhe o futuro, rapaz, como se você estivesse naquelas montanhas há um minuto. Droga. O que eu não daria para fazer essa viagem outra vez.

Quando o homem se afastou, John Lourdes deu a volta no caminhão.

— Espero que o fato de eu ter te pagado uma cerveja — disse Rawbone — não seja entendido como suborno.

— Entre no caminhão. Nós vamos sair daqui e você vai dirigir.

O caminhão entrou de novo na estrada e partiu para o leste. John Lourdes remexeu a mochila até encontrar seu binóculo.

— Que bicho te mordeu, Sr. Lourdes?

— Aquele homem até podia estar admirando o caminhão, mas foi o meu coldre de ombro e as armas na cabine que despertaram o maior interesse dele.

O pai olhou as fontes que ficaram para trás, enquanto o filho acertava o foco do binóculo. Em meio ao calor escaldante, um grupo de homens montados em cavalos, e um deles em uma motocicleta, seguia na direção deles. A motocicleta ganhou velocidade e veio na frente.

— São pelo menos quatro cavalos e uma motocicleta.

— Ele é um deles?

— Não dá para ver com toda essa poeira.

— Podem ser ladrões de estrada.

— Ou coisa pior.

— Será que uma arma vai ser apontada para mim no futuro, Sr. Lourdes?

— Eu não tenho bola de cristal.

— Nesse caso, acho melhor eu beber uma cerveja.

A MOTOCICLETA ESTAVA muito à frente dos cavalos, mas não tão distante que não pudesse vigiar o caminhão. Teria que haver um confronto. Isso estava ficando cada vez mais claro, com o cair do sol. John Lourdes decidiu que seria no lugar onde as armas haviam sido escondidas. Eles subiram pelo que restou de uma estradinha para carroças destruída pelo vento e que ficava dentro dos montes Huecos. As rochas se erguiam na luz pálida por todos os lados, lembrando sinistras silhuetas. O silêncio aumentou até que só restou o barulho do motor em funcionamento.

Numa porção de terra cercada por montes xistosos ficavam as ruínas de uma cidade. Um único caminho de terra levava a um salão de reuniões sem teto, de dois andares. O vento tinha começado a aumentar e aquele lugar deserto foi tomado por uma sensação de vazio e de isolamento cada vez mais profunda. O sol batendo em rochas distantes iluminava os restos finais do dia. Com o binóculo, John Lourdes examinou, da melhor maneira possível, aquele caminho de carroças que cortava o morro à procura de qualquer sinal dos perseguidores.

— Ainda vai demorar umas duas horas — avaliou Rawbone — até os cavaleiros se juntarem à motocicleta. E mais umas duas para eles chegarem até aqui.

— Onde é que estão as armas?

— Ora, Sr. Lourdes. Elas estão bem à vista.

E estavam mesmo, de certa maneira. O pai fez o filho ir atrás dele além do salão, até uma descida íngreme e cheia de fendas. Então, fez sinal para que o jovem ficasse bem atrás dele enquanto escalava o rochedo seguindo uma linha de prumo feita de pedras do tamanho de um punho fechado. Quando chegou próximo àquela que ficava mais perto do pico, se agachou.

— Observe a linha das pedras. Elas marcam o lugar. Agora fique perto de mim, Sr. Lourdes, e veja só a mágica.

O pai enfiou a mão na areia e seu braço desapareceu quase até a altura do cotovelo. Quando ele tirou a mão, a areia se movimentou como uma fita e a face da montanha começou a se mexer como se fosse as costas de algum monstro oculto que estivesse voltando à vida.

— Ajoelhe-se aqui e acenda um fósforo.

Um fio de luz desceu sobre os caixotes armazenados ali, escondidos numa abertura sob uma fenda coberta pela areia.

— O que tem ali embaixo?

— Um arsenal completo à sua disposição. Espingardas, munição, granadas de mão, dinamite e detonadores, e uma metralhadora .50. Sr. Lourdes, com todo esse poder de fogo, o senhor poderia deter o Império Romano.

John Lourdes apagou o fósforo.

John Lourdes fez Rawbone afastar o caminhão do salão e se distanciar do esconderijo das armas. Passou o coldre da pistola sobre o ombro. Na mão ele carregava o rifle e o binóculo. Enquanto ele corria para um lugar de onde poderia vigiar a estrada, Rawbone, sozinho, se enfiou debaixo do chassi.

Antes de chegar a El Paso, Rawbone havia instalado uma tira de couro na parte inferior da armação do chassi. Tinha pregado três lados dela na madeira, deixando o quarto aberto para formar uma espécie de bolsa onde guardara uma automática. Isto feito, ele pregou o quarto lado, para que a arma não ficasse balançando.

DEZ

A LINHA DO HORIZONTE estava desaparecendo, e o azul se esvaindo devagar até que passou a ser apenas o prenúncio da noite. John Lourdes ficou sentado em silêncio perto da entrada da clareira. Rawbone se aproximou e ficou de pé nas proximidades, examinando a região até a estrada lá embaixo, naquela noite sem lua.

— Você tem alguma ideia de como pretende lutar?

John Lourdes observava a estrada cujas fundações desabavam e que ia dar no salão de reuniões.

— Que lugar é esse? Você sabe?

Rawbone passou as costas dos dedos pelo rosto.

— Você nasceu em El Paso e não conhece a história? — Ele tirou o chapéu. — Foi uma daquelas... histórias fantásticas. Você sabe como são essas coisas, não sabe? Bem, essa aqui foi diferente. Eram todas mulheres. Mulheres do mundo inteiro. Anglo-saxônicas, mexicanas. Mulheres que vieram da Índia. Da China. Até da África. Viviam aqui como se fossem uma tribo. E realizavam cerimônias das quais participavam peladas. Peladas, Sr. Lourdes.

O filho agora olhava aquelas ruínas esquecidas e tentava imaginar...

O pai jogou a cabeça para trás, rindo.

— Sr. Lourdes, essa foi a expressão mais pura e ridícula de ingenuidade que eu já vi na vida. — Balançou a cabeça, num desespero cômico.

O filho se viu obrigado a aguentar aquele momento e engoliu tudo bravamente, mas não sem um sorriso por terem lhe pregado uma peça.

— A propósito — perguntou John Lourdes —, você pegou a arma?

Rawbone inclinou a cabeça.

— Perdão?

— A automática que estava escondida no chassi. Eu chequei o maldito caminhão de manhã, bem cedo.

Rawbone arregaçou a camisa onde havia escondido a arma.

— Sr. Lourdes, minha opinião sobre o senhor subiu um pouco. — Ele sacou a arma e segurou a 32 preta na palma da mão e, debochando, acrescentou: — O Bat Masterson recomenda essa arma. Ou pelo menos é isso o que diz o anúncio. E tem outro que promete que ela é a melhor amiga de uma dona de casa contra os ladrões. — Ele enfiou a camisa dentro das calças e colocou a arma na faixa da cintura. Parou para ajeitar o chapéu. — Sr. Lourdes, o mundo realmente deve estar muito em ordem, quando começam a publicar anúncios de armas e mulheres de camisola.

O filho voltou a imaginar como eles deveriam lutar ali. O pai ficou de vigia. E assim a noite foi passando.

— Sr. Lourdes, o senhor vem de uma boa família cristã?

O filho olhou para o pai e, baixinho, respondeu:

— Em parte.

— Muito bem, pois é melhor embrulhar e guardar esse lado cristão por algum tempo... porque eles chegaram.

John Lourdes se levantou. Olhou para baixo, para aquele declive sombrio, mas não viu nada. Rawbone chegou por trás dele e apontou, com o braço um pouco acima do contorno do ombro do filho. Por um momento, viram uma rápida faixa de luminosidade, que não chegava a ser sequer uma luz.

— Lá embaixo. Bem na parte de baixo do cânion. Ali! Está vendo?

— Não.

— Eu imagino que seja uma dessas lanternas de tampa retrátil, sabe? E estão mantendo ela bem perto do chão, para que tudo o que se veja não seja mais que um pouco de luz.

O pai agora estava tão perto que o filho podia sentir a arma escondida pressionada contra as suas costas.

— O senhor não pode olhar direto para uma coisa dessas à noite, a essa distância, e achar que vai ver, Sr. Lourdes. O truque é usar o canto externo do seu olho.

O filho fez o que o pai lhe dizia e, um minuto depois, viu uma pequena emanação de luz, tão mínima que mal dava para perceber.

— Sim. Estou vendo. Você tem razão.

— É um truque que se aprende depois de anos caçando.

O filho se virou para ele:

— Sendo caçado, você quer dizer.

— Isso também, Sr. Lourdes. Mas quando eles estão tão próximos como nós dois estamos agora... caça e caçador, é tudo a mesma coisa.

John Lourdes estudou o homem a partir do qual ele fora feito.

— Isso é uma ameaça ou um conselho de amigo?

— Isso eu deixo para o senhor julgar. De todo modo, essa calma vai acabar a qualquer momento por aqui.

A CLAREIRA ONDE a comunidade havia se instalado parecia um lago escuro naquela noite. Pai e filho se apoiaram nos cotovelos. Os homens apareceram agachados e, em silêncio, subindo as montanhas. O pai ergueu três dedos e o filho entendeu.

Eles se aproximaram abaixados, as armas à frente, sem a menor ideia de que suas almas poderiam ser engolidas a qualquer momento. Um vento batia vindo do nada e levantava poeira pelo terreno acidentado. O pai cochichou para o filho:

— O senhor escuta bem?

— Por quê?

O pai tocou na orelha e ergueu um dedo e apontou para as pedras além do salão de reuniões. O filho entendeu.

— Eu vou lá dar um alô àquele homem em seu nome.

Então Rawbone se esgueirou pela ladeira onde estavam deitados esperando, até haver somente um movimento de pedras soltas por onde ele passava.

John Lourdes agora estava totalmente colado no chão. Nunca tinha matado ninguém na vida e essa era uma situação totalmente diferente. Aqueles vultos noturnos estavam chegando na estrada de terra. Ele não devia pensar neles como homens. Eram apenas roupas. Vultos escuros que estavam ali para dar adeus à vida. Começaram a subir lenta e fatalmente aquela trilha que um dia fora uma rua. A noite não havia esfriado, mas Lourdes estava tremendo. O vento atravessava suas roupas como se fosse o fantasma de algo insidioso e horrível.

Esses sujeitos são capazes de matar sem pestanejar. Vão atirar até você não soltar mais nem a sombra de um suspiro. Um dos homens ergueu a mão para os outros pararem. Deu alguns passos cautelosos à frente e John Lourdes reconheceu as passadas tortas e meio mancas como pertencentes ao sujeito do restaurante da beira da estrada, com bigode espesso e sorriso cordial. Ele tinha visto alguma coisa. John Lourdes esperava que fossem as colchas enroladas, imitação de dois homens dormindo, que eles haviam colocado no salão.

Os homens se moviam adiante com a segurança inquestionável dos que já haviam posto vidas em perigo. Viu a perseguição se desenrolar como se fosse um ritual. Havia uma elegância rude naquela tática premeditada, uma espécie de calma que John Lourdes não possuía.

O salão de reuniões se destacava no céu da noite. Suas janelas ocas e a enorme abertura que um dia aninhara portas duplas eram o suprassumo do vazio.

Lourdes examinou o caminho que Rawbone havia feito. Prestou a máxima atenção, mas só ouviu o vento bater nos arbustos secos como se fosse um isqueiro sendo aceso. Uma veia em sua têmpora pulsava como se estivesse prestes a estourar.

Quando chegaram na porta do salão os homens se espalharam. Encostaram-se nas paredes de alvenaria e quase se misturaram com elas. O que os havia encontrado no restaurante da estrada levantou a mão para deixar todos a postos e, quase simultaneamente, John Lourdes também esticou sua mão mantendo-a no ar num espaço livre, bem em cima de um detonador. Conseguia sentir sua mão tremer até a base do pescoço.

Apesar de John Lourdes estar esperando e preparado, o ataque que fizeram à casa vazia foi tão rápido que ele ficou petrificado. As paredes se encheram com a explosão de flashes provocados pelos tiros. Nuvens de fumaça e de pano queimado subiram dentre as colchas enroladas. Mas não houve um só grito, nem um suspiro que indicasse que uma vida havia se esvaído.

As colchas enroladas estavam ali, como a isca morta que eram. Os homens compreenderam imediatamente o que acontecera e se espalharam. Foi só então, finalmente, antes que toda a vantagem tivesse sido perdida, que John Lourdes se recompôs. Com a mão espalmada, ele acionou o detonador.

ONZE

JOHN LOURDES HAVIA montado a carga de explosivos ao lado da parede do salão de reuniões, enterrando a dinamite no chão, enquanto Rawbone usava um monte de mato para apagar qualquer sinal do longo fio que levava ao detonador.

Houve uma rápida demonstração de força bruta. A frente do prédio ficou totalmente destruída e desapareceu no meio de uma avalanche de fumaça. A explosão ecoou por toda a montanha. Os homens voaram como se fossem bonecos de pano e uma chuva de pedras e barro vinda do céu caiu sobre toda a clareira.

John Lourdes se levantou com o rifle posicionado e partiu em direção à fumaça da destruição, quando da extrema direita veio a ação rápida de uma pistola automática.

Ele foi até lá e se ajoelhou, com o rifle apoiado no ombro. Em meio à poeira que baixava, um homem apareceu correndo. Ele pressionava as costas e gritava desesperado pelos amigos. Tropeçou e suas botas fizeram subir um rastro de poeira. Quando desabou de joelhos, Rawbone avançou. Saiu pulando do meio das pedras e desfechou dois tiros sobre o corpo que caía e que finalmente tombou para a frente.

Passou correndo pelo filho e gritou:

— Vá ver se todo mundo morreu mesmo! — Continuou pelo meio da poeira. — Eu vou até a estrada me apresentar a qualquer idiota que tenha ficado para cuidar dos cavalos.

John Lourdes andou no meio da escuridão. Era uma coisa de outro mundo. Ele não podia acreditar que realmente estivesse ali. O cheiro de roupas e de carne queimada empesteava o ar e ele teve medo de que isso o envenenasse de alguma maneira desconhecida. Foi até o primeiro, que estava deitado de lado. Não havia mais nada embaixo do lábio superior a não ser um colarinho todo ensanguentado. Viu o que parecia ser um colar esquisito pendurado sob o rosto do homem e se deu conta de que era um olho que havia se soltado do crânio e estava preso por um longo fio de músculo.

O homem seguinte estava de bruços. John Lourdes se ajoelhou e virou o corpo. O rosto escuro e sem vida que ele viu pertencia ao homem que havia olhado feio para ele em Juárez, o pai da garota Teresa. Ele se levantou. Ficou olhando para aquele estranho que estava do outro lado da morte. Em sua cabeça, as perguntas eram muitas.

Pedaços de madeira no chão do salão tinham pegado fogo. O ar estava repleto de cinzas espalhadas pelo vento. John Lourdes teve que cobrir o rosto enquanto se voltava para o último homem, o tal do restaurante da beira da estrada.

Encontrava-se sentado contra um fundo de alvenaria e de vigas de madeira apodrecidas. Não estava morto, embora isso fosse quase inacreditável, já que o formato da cabeça estava terrivelmente alterado.

Da estrada para carroças veio o barulho de ferraduras batendo. De repente, os cavalos apareceram correndo em meio às sombras, atormentados por tiros e pelo som barulhento de um motor de motocicleta. Rawbone havia trazido os cavalos. Gritou enquanto pilotava a motocicleta:

— Tinha um homem lá embaixo, junto à estrada principal.

As brasas do fogo agora desciam como uma chuva iluminada em toda a parte e Rawbone começou a abaná-las com o chapéu e afastá-las dos olhos, enquanto se juntava a John Lourdes.

— É melhor a gente embarcar e terminar logo com isso. Se uma dessas fagulhas chegar até o...

O homem que eles haviam conhecido na beira da estrada olhava para eles. O pai se agachou. O sujeito estava morrendo, entretanto em seus olhos parecia haver algum grau de consciência e entendimento. Na mão dele estava a lanterna. Rawbone a soltou e usou para iluminar o rosto do homem, que refletiu como uma lua no escuro. O sangue escorria de um rombo no meio do crânio, que cortava toda a testa. Um pouco de massa cerebral saía pelo ferimento, parecida com a cabeça branca de uma lesma.

— Ele está jorrando petróleo, Sr. Lourdes.

Rawbone se pôs de pé.

— É sua vez, Sr. Lourdes.

O filho entendeu. Ou acabava o trabalho, ou se esquecia dele, deixando-o entregue aos lobos. O pai esperou. Usou o chapéu para se proteger do calor e das cinzas.

— O fogo, Sr. Lourdes. Uma fagulha pode mandar tudo isso pelos ares.

Ele viu alguma coisa passar pelo rosto de John Lourdes. Um breve momento de compaixão, talvez, pelo que tinha que ser feito. Não era um olhar de indecisão, mas de algo que refletia mais a relutância humana, ou até uma piedade trágica. Agora não importava. Rawbone não tinha espaço para nenhuma das duas emoções e odiava ambas com a mesma intensidade. Procurou a pistola automática no cinto, mas John Lourdes segurou sua mão e o conteve. Naquele momento, o pai, que se orgulhava de ter um braço forte, especialmente para um homem de seu tamanho, sentiu no pulso do filho a mesma força bruta e pura.

— Esvazie os bolsos de todo mundo — disse John Lourdes. — Carteiras, qualquer papel rasgado. Não deixe nada. Junte tudo para mim. E os alforjes também.

— Sr. Lourdes,...

O filho repetiu a ordem em termos absolutamente incisivos e o pai se afastou.

— É melhor eu fazer isso mesmo, Sr. Lourdes. Isso vai lhe dar um tempo para negociar a questão com a sua consciência.

Um segundo depois, ouviu-se um tiro que fez os cavalos se assustarem e se dispersarem. O pai se virou. O impacto fizera o homem cair no chão, onde as brasas pairavam sobre ele. De uma maneira bastante desagradável, Rawbone zombou do que o morto havia dito lá no restaurante de beira de estrada.

— Do jeito que eu o vejo naquele caminhão, olhando para as montanhas... você é um verdadeiro alpinista, meu filho.

DOZE

UMAS POUCAS FAGULHAS ainda se manifestavam naquela clareira nua, enquanto o caminhão descia para a estrada. Estava carregado com os brinquedinhos de guerra, tudo coberto. Amarraram até a motocicleta na carroceria, como se fosse o troféu de uma batalha da antiguidade.

A questão agora era atravessar a fronteira para o México. As principais pontes sobre o Rio Grande, com seus agentes de imigração e funcionários da alfândega, eram uma ameaça grande demais, por isso estavam fora de questão. E encontrar uma parte rasa do rio, pela qual se pudesse atravessar de caminhão, seria o suprassumo da estupidez. Mas Rawbone conhecia uma balsa guiada por cordas ao sul de El Paso, perto da velha missão de Socorro. O curso do rio havia mudado ali perto, quase cinquenta anos antes, e era um lugar de bancos de areia isolados e de margens vazias.

Dirigiram pelas horas frias antes do amanhecer. Uma lamparina que soltava fumaça estava pendurada no teto, sobre a cabeça do filho. O chapéu do pai estava de cabeça para baixo, sobre o banco, separando os dois homens. Estava cheio até a borda com o que Rawbone havia tirado dos mortos, como John Lourdes mandara. Rawbone ficou olhando enquanto o filho estudava meticulosamente todos os pertences pessoais, cada peça de identificação, erguendo-as contra a luz vacilante, os olhos se apertando em meio à fumaça para ler melhor a tinta que havia esmaecido. Depois, Lourdes fez algumas anotações num caderninho pessoal que carregava. Sua concentração se manteve total e sua mão continuou firme, mesmo enquanto o caminhão subia e descia no meio daquela estrada imprestável.

Para Rawbone, ele mesmo parecia nem existir nessas horas. Na verdade, ele estava entregue aos seus próprios tormentos e fora do plano acertado. Isso alimentava uma sensação de desvantagem que sempre o deixava meio incerto e desconfiado.

— Por que toda essa análise e tantas anotações, Sr. Lourdes?

Ele ergueu os olhos do caderno.

— Eu percebi que não tem nenhum papel-moeda no seu chapéu.

— Você não me deu ordem para tirar o seu salário do dinheiro daqueles infelizes.

— Eu imagino que você tenha deixado para os urubus como uma doação de caridade.

— Para falar a verdade, a minha vontade era comprar alguma coisa para o senhor, quando a gente terminar. Como lembrança do tempo que passamos juntos.

John Lourdes voltou ao caderninho.

— O senhor não me respondeu, Sr. Lourdes.

— Não respondi mesmo.

— Isso eu já sei.

John Lourdes voltou a erguer os olhos. Colocou o lápis atrás da orelha e o caderno no colo. Ele começou pela moça no edifício de fumigação, de como ele a seguiu até o México e foi se metendo numa série de incidentes estranhos que o levaram até aquela manhã, no edifício Mills.

Rawbone se recostou no banco e coçou o rosto com a ponta do polegar.

— Se algum dia eu encontrá-la, vou ter que lhe agradecer por ter conhecido você.

— Um dos mortos lá na montanha, o mexicano, era o pai dela.

Essa observação foi como uma pedra jogada numa poça de água parada, que provocou várias ondas na cabeça de Rawbone.

— Agora eu estou entendendo.

— Está?

— Se quiser ir direto ao ponto, pegue um atalho.

John Lourdes estivera pensando como o morto lá na montanha viera a saber sobre ele e o caminhão. Agora era visível. O Sr. Simic e seus sócios tinham encontrado uma maneira alternativa de resolver o seu triste problema — tinham notificado às pessoas a quem eles forneciam armas que um caminhão de munição havia sido levado. Rawbone se inclinou sobre o volante e ficou ouvindo com uma intensidade inquietante. Eles tinham que saber que o caminhão fora sequestrado em algum ponto entre Carlsbad e El Paso, portanto era provável que a munição tivesse sido escondida num lugar que não fosse muito fácil de ser descoberto. Como só havia uma estrada entre as duas cidades, qual a dificuldade de ficar esperando um caminhão com letreiros do tamanho de um bolo de aniversário? Bem...

Ele olhava fixamente para as "mesas" escuras que ficavam entre ele e sua imunidade quando John Lourdes falou:

— E tem mais uma coisa que você... ou nós... temos que levar em consideração.

— Pode dizer, Sr. Lourdes.

— Qualquer vantagem que você... ou nós... tivéssemos agora se foi. Quando um deles não voltar e você aparecer dirigindo esse caminhão...

— Vai dar muito o que falar, não vai?

— Você sabe para onde nós vamos em Juárez e com quem vamos falar. Era parte do acordo. Tudo bem. Mas a minha responsabilidade é descobrir os nomes e/ou as identidades de todos que estiverem envolvidos ou ligados a essa organização criminosa. É por isso que eu fiz você pegar os pertences de todo aquele pessoal. — Levantou o caderno. — É isso o que eu estou anotando aqui. E é por isso que eu estou lhe contando. Aqueles mortos lá em cima vão ter alguma relação com o que vai acontecer quando a gente chegar a Juárez.

Depois de falar, John Lourdes voltou a trabalhar sem dizer outra palavra, deixando Rawbone numa realidade para a qual não havia uma solução aparente. Ele tirou um cigarro do maço. Riscou um fósforo na coluna do volante. Sua mente estava direcionada para o futuro desconhecido, e o sobrevivente que havia dentro dele começou a elaborar friamente o plano que melhor lhe serviria.

— O senhor é um homem culto, Sr. Lourdes?

John Lourdes terminou o que estava anotando e olhou para cima. A pergunta ia bater no ponto crítico de sua vida.

— Lubrificador na oficina da ferrovia aos 13. Detetive da ferrovia em Santa Fé aos 20. Depois disso, veio o BOI. E alguns cursos noturnos entre uma coisa e outra.

— Tudo isso só com um caderninho de anotações e algum instinto nato.

— Você nunca perde uma oportunidade, né?

— Eu errei uma ou duas vezes.

— Mas você está sempre pronto e alerta para ajudar alguém a se afogar.

— Com um sorriso e uma boa comemoração.

— Daqui a um dia tudo vai estar acabado, por isso vamos tratar de não tropeçar e foder a vida um do outro. Aí você vai poder continuar a sua existência miserável como um homem livre.

— Eu não poderia ter me expressado melhor.

John Lourdes voltou ao caderninho. Tirou a última carteira do chapéu.

— Acho que o senhor me interpretou mal.

— Interpretei?

— Só quis dizer que o senhor tem uma mente clara e que isso lhe ajuda.

Mesmo antes de o sol aparecer, já fazia calor. Ia ser um dia daqueles. As sombras os seguiam, enquanto o sol se erguia da borda do mundo e jogava luz sobre a estrada.

A última carteira pertencia ao homem que tinha falado com John Lourdes no restaurante da beira da estrada. O nome dele era James Merrill. Num bolsinho lateral havia uma pequena foto dele de uniforme, de pé em frente a um navio de guerra ancorado, com outros membros do pelotão.

— Aquele cara do restaurante — disse John Lourdes — deve ter servido em Cuba durante a Guerra Hispano-Americana.

Rawbone se recostou para tentar enxergar melhor. Pediu para ver a foto. Colocou-a em cima do volante. A foto amarelada estava com as bordas bem comidas e muito esmaecida. Foi um instantâneo do momento. Os soldados estavam rindo e de prontidão. Sirvam a uma causa, mudem o mundo. Agora isso não valia nem um cuspe. Era o que a morte tinha a dizer sobre tudo aquilo. Só havia o presente egoísta a se considerar. Mas, mesmo assim...

Ele devolveu a foto.

— Esse navio é o *China* — afirmou o pai — e isso aí não é Cuba, e, sim, o porto de Manila.

Seu olhar voltou para a estrada. Era um salto impossível o filho pensar que o pai se aproximaria de qualquer pessoa disposta a lutar por uma causa. Mas como é que ele conseguiu adivinhar tão depressa?

Ele voltou à carteira. Em outro bolso, encontrou um maço de cartões de visita, todos novos e de boa qualidade. O que estava escrito ali era de tirar o fôlego.

Eles estavam andando numa região que havia surgido no meio das falhas do tempo, e a linha de pedras escarpadas por onde passava a estrada dava a impressão de que elas haviam sido recortadas por um serrote hostil. O filho ficou virando os cartões na mão, de um lado para o outro.

— Tem uma coisa aqui que não está batendo.

Rawbone olhou John Lourdes de relance, que lhe passou o cartão. O pai o ergueu e leu:

JAMES MERRILL
STANDARD OIL COMPANY
MÉXICO

TREZE

A MISSÃO DE SOCORRO ficava no Camino de Tierra Adentro, a sudeste da passagem onde a balsa atravessava o Rio Grande. Construída sobre uma ladeira de terra, a igreja tinha uma estrutura simples, com um balcão com degraus acima da porta da frente, onde ficava a torre do sino.

Já era fim de tarde quando o caminhão chegou ao pequeno muro de tijolos que ladeava a nave e de onde eles podiam ver a balsa. A igreja estava silenciosa. Algumas gaivotas se postavam na torre do sino, onde também ficava a cruz. Não havia sombra, a não ser por um pequeno arbusto ao lado da parede da abóbada. Os dois homens ficaram ali, naquele calor sufocante, e estudaram a balsa.

Estava ancorada no lado texano. Havia barracas da alfândega nas duas margens do rio. No lado onde estavam, a barraca ficava dentro de um pequeno emaranhado de árvores. A da outra margem ficava sozinha, no meio de um terreno que parecia que a mão de Deus não terminara de desenhar. Daquele lado, estava tudo quieto como se fosse mesmo uma pintura.

— Fique aqui com o caminhão — disse Rawbone. — Eu vou até o rio, descobrir como é que estão as coisas. Vamos ver com o que é que nós teremos que lidar.

John Lourdes andou até o caminhão, tirou o coldre do ombro e o colocou no banco da cabine. Ele não conseguia parar de olhar a missão. Desde o momento em que tinham chegado a esse local solitário, ele sentia como se vozes do outro mundo estivessem falando com ele.

Havia uma bomba de água num dos lados da igreja, com uma caldeira que tinha sido partida em duas com um maçarico e então enterrada na areia para ser usada como uma tina. Ele tirou a camisa e o colete para se barbear. Foi então que se lembrou do crucifixo em seu pescoço, aquele com o raio quebrado na cruz e que pertencera à sua mãe. Percebendo que isso poderia denunciá-lo, ele o tirou e o escondeu na carteira.

John Lourdes entrou na igreja silenciosa e fresca para esperar. Alguma coisa nessa missão o envolvia. Por dentro, ela era tão simples como a fé que a havia inspirado. A fé de sua mãe e de seu povo, a fé que falava de sacrifícios, de perdão e misericórdia.

Havia uma estátua de Cristo crucificado quase do tamanho dele ao lado do púlpito. Também havia um pedestal que se erguia diante dos bancos e que exibia uma estátua da Virgem Maria com seu Filho. Foi ali que ele se sentou. Colocou o chapéu ao seu lado. A luz que vinha das janelas se projetava no chão. Ele estudou o rosto da Madonna, a pele alva europeia, o olhar que projetava a concepção de uma paz e uma tranquilidade imaculadas. O que é que esse lugar tinha que...

— Rezando?

Pego de surpresa, John Lourdes se virou rapidamente. Rawbone havia entrado na missão sem fazer barulho. Sentou-se no banco de frente a ele. Olhou para a estátua da Virgem com o Filho.

— Se estiver rezando para ela, pode esquecer. Não conseguiu fazer porra nenhuma pelo filho. — E seus olhos enevoados e sem amor se dirigiram para a cruz.

Quanto a isso, Lourdes não tinha nada a dizer. Ele pegou o chapéu e se levantou para sair. Rawbone fez sinal para que ele voltasse a se sentar.

— Nada vai acontecer mesmo, até anoitecer.

O filho se sentou.

O pai parecia ter alguma coisa na cabeça.

— Quando você era detetive em Santa Fé, deve ter trabalhado nos armazéns perto do rio.

— Trabalhei.

— Provavelmente conheceu muita gente do *barrio*.

— Conheci, sim.

— Já que você é, em parte, mexicano.

— Eu falo espanhol, se é isso o que quer dizer.

— Eu estava falando das famílias e coisa parecida. Conhecer as famílias e coisas assim.

— Famílias e coisas assim... Sei...

Rawbone continuou sentado por mais algum tempo, examinando tudo o que estava à sua volta.

— Por que perguntou?

Alguma coisa se agitou por um instante naquelas feições.

— Outra hora a gente fala disso.

Ele se levantou.

— Nós só vamos ter amanhã.

— Perfeitamente. Vamos ver como é que a gente se sai. Nós dois.

Será que o que ele tinha visto fora a substância de um arrependimento inenarrável, ou de uma tristeza mal resolvida? E se fosse? E daí? Quando Rawbone saiu, John Lourdes perguntou:

— Como é que você conhece esse lugar?

O pai se virou de um jeito que o filho se lembrava e falou:

— Eu me casei aqui, Sr. Lourdes. — Com isso, ele colocou o chapéu na cabeça e partiu na direção da porta. — Volte aos seus mistérios, Sr. Lourdes. Eu vou estar aqui fora... depois de roubar a caixa de esmolas.

O rio corria em meio à escuridão. Só havia luzes de importância simbólica na balsa. Podia-se ouvir a música que vinha da barraca do lado de Rio Bravo. Rawbone abriu sua trouxa no banco do caminhão quando John Lourdes foi se juntar a ele.

— Como é que fazemos para atravessar?

Rawbone tirou uma garrafa de uísque e um cantil da trouxa.

— Eu... Eu vou me divertir um pouco. Quando estiver tudo limpo para chegar até a balsa, eu faço sinal para você com uma lanterna.

Ele se afastou levando o uísque aninhado embaixo do braço, assobiando como se estivesse numa aventura de sexta-feira à noite.

Da parede de alvenaria, o filho fumou e observou a balsa atracar. Pelo binóculo, ele viu Rawbone se aproximar da barraca no lado de Rio Bravo. Os homens, que eram três ao todo, passaram pela luz da entrada, quando a balsa tocou na costa. Rawbone começou a falar, apontando com o braço, primeiro numa direção e depois na outra. Mas era sempre o braço que levava a garrafa de uísque. Os gestos eram pura encenação. Os homens o avaliavam com os olhos, mas não demorou muito para ele conseguir um convite para entrar no mundo deles.

Volta e meia, John Lourdes olhava para a igreja atrás dele. Agora ele entendia por que ela tinha um lugar em algum canto dos arabescos de suas memórias.

Uma luz apareceu no rio. Ela começou a fazer desenhos enquanto o pai agitava a lanterna escondida no chapéu. Do lado americano, um homem se exibiu rapidamente na janela da barraca, enquanto o caminhão manobrava para entrar na balsa. Ela balançou sob o peso do veículo, com a corrente batendo perigosamente nos lados. Puxar a corda que servia de guia era um processo lento e difícil, e John Lourdes ficou de guarda e prontidão, entendendo que naquele momento tinha deixado para trás os últimos vestígios da lei americana.

Enquanto o caminhão saía da balsa, Rawbone pulou para a tábua da carroceria.

— Tão longe de Deus, tão perto dos Estados Unidos — disse ele. — Vamos embora.

John Lourdes pisou no acelerador. O motor ganhou vida e eles passaram lentamente pelo lamentável posto de fronteira, feito de papel alcatroado e alvenaria. O silêncio agudo chamou a atenção de John Lourdes imediatamente.

Ninguém à vista, a porta parcialmente aberta. Ele tentou dar uma espiada.

— Não é preciso se envolver, Sr. Lourdes.

Havia um leve sinal na voz do pai que indicava algo horrível. Apenas quando o caminhão já estava para entrar na estrada e se afastar do galpão, foi que Lourdes percebeu atrás da porta, à meia-luz, uma cadeira caída. Erguendo-se dentro dele havia uma agitada incerteza de que John Lourdes, mesmo contra o seu melhor julgamento, teria que enfrentar.

O jovem estacionou o caminhão no acostamento e saltou. Andou na direção do galpão.

— Eu não faria isso — disse o pai.

QUATORZE

O AMBIENTE ERA O de uma impiedosa cena de morte. Velas acesas enchiam o espaço de sombras. Os corpos jaziam como esculturas de sofrimento retorcidas. Um deles, no chão, estava dobrado sobre si mesmo, a cabeça do outro repousava numa cama, o rosto era uma apoteose contorcida de pavor. Uma espuma branca havia se acumulado do lado da boca. As moscas já começavam a pousar nos corpos. John Lourdes saiu do galpão e a noite o engolfou. Caminhou até o caminhão onde Rawbone se sentava atrás do volante, com o motor ligado.

— Podemos ir?

— Eu me esqueci, por um momento. Você não passa de um assassino comum.

— Permita-me discordar, Sr. Lourdes. Eu sou um assassino dos mais incomuns.

John Lourdes ficou olhando o rio. Rawbone repetiu:

— Tão longe de Deus, tão perto dos Estados Unidos.

John fechou os olhos.

— O que você pensou, meu jovem senhor? Que nós poderíamos atravessar essa fronteira como se estivéssemos comprando roupa de cama para a casa? Uma bebidinha e um dinheirinho? Esses campesinos podem ser burros e sujos como um poste, mas eles conseguem perceber uma artimanha com a mais absoluta certeza.

— E por isso você simplesmente matou...

— Não, não. É aí que você se engana.

O filho se virou para o pai:

— Não, não, não. Nós dois assassinamos três homens.

Os olhos de Lourdes se cerraram.

— Nós trouxemos esse caminhão para o México. Estamos levando esse caminhão cheio de munição para Juárez. Estamos nisso juntos.

— Entendo.

— Entende mesmo, Sr. Lourdes? Eu não tenho tanta certeza. Então, só para esclarecer, depois que o senhor atravessou aquele rio e deixou para trás tudo aquilo que construiu, o senhor se tornou o meu braço direito tanto quanto eu sou o seu. E aqueles três lá atrás — apontou o chapéu para o galpão — selaram esse pacto. E nós vamos dormir o sono dos justos assim mesmo.

John Lourdes afundou o chapéu na cabeça e se recostou no banco da cabine.

— Dormir o sono dos justos. Eu não vou me esquecer disso. Não vou mesmo...

— Está pronto para se misturar comigo? Deixa eu te lembrar uma coisa. De uma conversa do Burr com o seu juiz

Knox sobre a minha vinda para cá. Ele deu um nome a isso. Uma expressão. A aplicação...

— ... prática de uma estratégia.

— É isso aí. Aquela sujeira ali no galpão, eles são uma parte da aplicação prática de uma estratégia.

— Para o seu bem.

— Perfeitamente. É uma maneira de eu pregar você na cruz. Eu não acho que o seu juiz Knox gostaria de ver um de seus homens sendo julgado num país estrangeiro pelo assassinato cometido por causa de uma ordem emitida pelo BOI. Isso não me parece a... aplicação prática de uma estratégia.

Havia o traço lúgubre nele.

— Como é que você calhou de existir? — perguntou John Lourdes.

— Eu vim ao mundo da mesma maneira que Caim e Abel. Aí me batizaram como um americano puro, para o meu próprio bem.

AS LUZES DE Juárez se destacavam na planície. A estrada seguia o trilho do trem. O caminho era iluminado por uma fogueira aqui e ali, com pequenos grupos de peões maltrapilhos exibindo armas. Soldados sendo produzidos. Um exército da revolução se erguendo da terra naquela noite. As vozes eram selvagens, amargas e prontas para a guerra.

— Sr. Lourdes, se eles soubessem o que nós estamos carregando, e essa é uma má notícia para o senhor, nós passaríamos toda a eternidade como um casal numa cova dupla.

Andaram em silêncio desde a saída do rio. Até ali. Então, Lourdes falou:

— Quero saber quem você vai encontrar. E onde.

Rawbone pensou um pouco.

— Amanhã à noite você vai dormir na cama da sua casa e talvez jantar no Modern Café, no lobby do edifício Mills.

— Eu quero saber.

Ouviram-se tiros e os passos fortes de homens. John Lourdes se recompôs rapidamente, a mão indo direto para o coldre no ombro. Rawbone continuou dirigindo. Os homens passavam pelo caminhão para participar de uma briga que estourara ao lado da estrada.

O filho voltou a atenção para o pai, que não havia desviado os olhos da estrada uma única vez.

— Quem e onde?

— Você está testando a minha força de vontade?

— No caso de alguma coisa acontecer a você.

— Você nunca ouviu aquele ditado, que o simples fato de pensar numa coisa pode acabar trazendo azar? O senhor não ia querer isso.

— O meu trabalho é cumprir essa missão.

— O meu também.

— Mas eu escolhi estar aqui. Passe logo a informação.

Rawbone não respondeu. Deixou Lourdes esperando por um longo tempo. Aí, como se tivesse pensado melhor, o pai disse:

— A Aliança para o Progresso. Na September 16 Avenue, pertinho do prédio da alfândega. E Hecht é o nome do homem com quem o Simic me mandou falar.

John Lourdes anotou tudo no caderninho. Enquanto isso, de uma das fogueiras veio um menino todo esfarrapado correndo com o chapéu na mão, ao lado do caminhão e pedindo dinheiro. O pai pôs a mão no bolso e perguntou ao filho:

— Qual era o nome do cara lá do restaurante?

O filho deu uma olhada nas anotações.

— James Merrill.

O pai deu ao menino um dólar todo amassado e falou em espanhol:

— Uma cortesia do Sr. James Merrill.

O garoto pegou o dinheiro e acenou com o chapéu, em agradecimento.

— Antes de a gente enfrentar esse cara, o Hecht — disse John Lourdes —, temos que proteger o caminhão.

— Nós?

— Aonde você for, eu também vou. Aonde eu for, você também vai.

— Com isso em mente, Sr. Lourdes, eu conheço um lugar que o senhor vai achar especialmente apropriado.

Eles passaram por um *barrio* de choupanas vazadas e terrenos baldios ao longo da costa. Roupas estavam penduradas em varais à luz das estrelas. O cheiro da comida sendo preparada nas panelas engorduradas tomava conta do ar. Em algum lugar, uma mãe tentava acalmar o filho que chorava. Em outro, ouviam-se música e risos. Era uma imagem do *barrio* que eles podiam ver do outro lado do rio silencioso, onde uma vez os dois existiram na companhia de uma mulher, com a qual um deles se casou e o outro chamava de mãe. Um momento se passou no tempo. Um momento que eles repartiram sem saber, por causa de uma falha na existência de ambos.

No final daquela rua comprida e imunda, havia uma série de fábricas. Lá, o caminhão parou em frente de um prédio feio e pequeno, com uma placa apodrecida na fachada: FUNERÁRIA RODRIGUEZ.

— Você não está tentando me dizer algo de forma gentil, está? — perguntou John Lourdes.

Na escuridão cinzenta, Rawbone apenas sorriu e saltou do caminhão.

A porta se abriu para o que um dia foi uma recepção. Cortinas pesadas se penduravam em trilhos espalhafatosos nas paredes. O tecido vermelho-escuro estava comido pelas traças e tinha cheiro de mofo. O ambiente era vazio, a não ser por uma mesa, onde um homem dormia todo encolhido, com as mãos juntas embaixo da cabeça, fazendo as vezes de um travesseiro. Um pano preto cobria a passagem para um corredor e de longe vinha o som de uma abertura musical dramática tocada num piano.

Rawbone arrancou o dorminhoco da mesa e lhe disse em alto e bom espanhol que ele era um indivíduo covarde e desprezível e que era melhor ele fazer o que lhe era mandado e ir dizer a McManus que Rawbone estava ali.

O homem saiu de ombros caídos e falando consigo mesmo. O pai mandou que o filho o seguisse pelo corredor coberto. Quando a cortina foi afastada, John Lourdes se viu nos fundos de um ambiente que um dia servira para se verem cadáveres, mas que agora era um teatro para exibição de filmes.

As pessoas estavam sentadas em bancos mal pregados no chão, enquanto um mexicano velho, vestido com um terno florentino, fazia o papel de um homenzarrão que parecia ter vindo na mesma caravela de Cristóvão Colombo. Havia uma fumaça na luz do projetor e na tela uma série de imagens em movimento:

Bronco Billy Anderson
em
The Road Agents

Pai e filho continuaram na porta de entrada. As silhuetas pretas, que eram as pessoas assistindo ao filme, muito provavelmente não sabiam nada de inglês para lerem os slides com as falas do filme, mas isso não importava. Quando os agentes das estradas atacavam as diligências e roubavam a caixa com os pagamentos, a torcida na plateia pelos bandidos chegava a seu ápice. Comemorando em voz alta e gritando para que a revolução derrubasse Díaz e o governo, pistolas eram disparadas para o teto. Pó e lascas de gesso choviam por toda a parte, enquanto o ambiente ficava com cheiro de pólvora.

O filho olhou o pai. Emoldurado pela iluminação granulada, Rawbone prestava atenção na tela, ao passo que uma milícia se formava para ir à caça. Seus olhos brilharam e ele mordeu os lábios em antecipação, enquanto um bandido matava o outro por ganância e fugia com aquele ganho ilícito.

Rawbone se inclinou na direção de John Lourdes e falou, cobrindo a boca com a mão:

— Eu adoro cinema. Queria que isso já existisse quando eu era menino. É um mundo que eu gostaria de conhecer. Só tem uma coisa que esses filmes não sabem mostrar direito. Sabe o que é?

O filho não fazia a menor ideia. O pai juntou as mãos, como se algo frágil e valioso estivesse ali.

— A morte. Eles não conseguem imitar direito. O horror que uma pessoa sente quando sabe que todos os vestígios de sua existência estão sendo varridos do mapa. Saber que você não vai mais existir. Porque isso é a única coisa que existe, o nosso eu vivente.

QUINZE

McManus chegou pela porta a toda velocidade, saudando o amigo de forma efusiva e calorosa, e o arrastando para o átrio onde eles se abraçaram e se xingaram um pouco.

Era um homem enorme, com um nariz meio mole e um queixo imenso. Além disso, não tinha um dos braços, o esquerdo. Usava uma prótese até o cotovelo com um punho oval de madeira e uma mão de madeira destacável. Estranhamente, os dedos ficavam esticados, como se estivessem num estado de permanente surpresa. E o próprio braço parecia pequeno demais, já que era no mínimo uns 15 cm menor do que o outro. Foi com esse braço e essa mão que ele apontou John Lourdes.

— Quem é esse aí?

— Esse aí... é John Lourdes.

— É mesmo? Um deles, né? O senhor serviu em Manila, Sr. Lourdes? Foi assim que o senhor ficou enfeitiçado por esse vagabundo?

— Olhe para ele, seu imbecil. Naquela época ele era um menino.

— Lá tinha garotos de 13 anos lutando.

— Sr. Lourdes, o senhor se importaria de me esperar ao lado do caminhão? — pediu Rawbone.

O tom de voz dos dois homens mudou imediatamente depois que Lourdes saiu.

— Desde quando você começou a aliciar menininhos?

— Desde que eu fui... contratado... para trabalhar para um ex-detetive de ferrovias... num determinado assunto.

McManus apontou o polegar para fora.

— Aquele cara?

— Aquele cara.

— Ele parece um vaga-lume tentando se passar por um raio.

— Eu tenho um caminhão lá fora que precisa ficar estacionado no seu armazém até amanhã de manhã. Você vai ser muito bem recompensado pelo seu ato de caridade.

— Pelo vaga-lume?

JOHN LOURDES ESPEROU ao lado do caminhão. Os mortos da montanha e do rio lhe faziam companhia na escuridão, nas mesmas posições de quando se foram. Ele agora se perguntava se Deus via num homem tão asqueroso e derrotado como aquele um portador de Sua imortalidade. No entanto, mesmo com tudo isso na mente e na alma, o único e mais importante princípio ao qual ele se agarrava era... o da aplicação prática de uma estratégia. A porta se abriu e os dois homens se aproximaram.

— Você pode ficar à vontade com o meu amigo aqui — explicou Rawbone. — Eu contei que você foi um detetive de ferrovia... e que nós estamos cuidando de um determinado assunto. E que haverá um pagamento pelo uso do armazém dele.

Entrando na cabine, ele acrescentou:

— O senhor espere aqui, Sr. Lourdes. Eu vou botar esse caminhão para dormir.

A noite esfriou e John Lourdes tirou um velho casaco de couro da carroceria. Rawbone foi embora, deixando-o com McManus. Eles ficaram de pé na porta de entrada, debaixo da mesma sombra e vendo o caminhão fazer uma curva lentamente. John Lourdes olhou McManus, que sorriu olhando para ele de cima a baixo. Mas não foi um sorriso amistoso.

— Quer dizer que o senhor esteve na guerra... — começou Lourdes.

— Integrante do batalhão do Texas. Eu servi com Rawbone, em Manila.

— Eu não sabia disso.

— Dizem que os melhores soldados são os maiores filhos da puta.

— Esse é o tipo de qualificação que ele tem.

Isso fez McManus soltar uma gargalhada autêntica.

— Ganhou duas medalhas. E nem sequer é patriota.

A ideia de que Rawbone tivesse um dia lutado pelo próprio país disparou uma torrente de pensamentos.

— O senhor conhece um homem chamado Merrill? Também serviu em Manila. Trabalhava na Standard Oil do México.

— Não.

John Lourdes pôs a mão no bolso do colete. Quando McManus viu o caderninho, comentou:

— Eu tenho o hábito de não guardar nomes.

John Lourdes entendeu.

— O senhor não será citado.

— Isso é muito reconfortante — respondeu McManus.

Mas John Lourdes suspeitava de que agora ele já não tinha tanta certeza. A foto e os cartões de visita estavam dentro do caderno. Ele passou a antiga foto para McManus, que a colocou na palma da mão áspera. Olhou-a de perto, forçando a vista.

— Eu não conheço esse homem.

— E o senhor conhece a Aliança para o Progresso?

PAI E FILHO caminharam por ruas escuras e miseráveis, passando por mendigos nas portas, bares alquebrados e crianças encolhidas em caixas de papelão que lhes serviam como casa. Rawbone olhou os pequenos e se reconheceu no olhar de abandono deles. Enquanto seguiam para o seu destino, soldados de cavalaria passavam em fileiras lentas, observando tudo. As patrulhas noturnas eram mais um sinal de que o México estava prestes a ser tomado por um pesadelo. Ele tirou um cigarro do bolso e o acendeu.

John Lourdes continuava com a foto na mão e batia com ela no coldre em seu ombro, enquanto caminhavam. Estava fazendo uma lista completa dos fatos para tentar juntar tudo o que sabia num plano que o faria atingir seus objetivos.

— McManus me contou que você fez parte do Exército.

— É.

— Disse que você serviu no batalhão do Texas.

— É.

— Em Fort Bliss ou em San Antonio?

— Fort Bliss.

Rawbone estava preocupado. Exalou a fumaça com força pelas narinas. Queria que essa noite terminasse logo, que o Sr. Lourdes saísse logo de sua vida, queria sua liberdade.

— Você passou muito tempo em El Paso naqueles anos?

— Por que todas essas perguntas agora?

— Você me perguntou na igreja sobre o *barrio*, se eu conhecia as famílias de lá. Eu pensei que...

— É. — A pergunta ia direto para aqueles pedaços dolorosos de verdade com os quais ele essa noite não queria se deparar. Essa noite era uma questão de sobrevivência. A agonia dos fantasmas do passado que se danasse, pelo menos por enquanto.

— O Exército não era importante — ele disse. — Eu queria passar um tempo longe dos Estados Unidos. Mas a guerra... Se você tiver o temperamento certo, a guerra pode ser uma bênção.

— Por que você recebeu suas medalhas?

— Por matar, é claro. — E jogou fora o cigarro.

A VIEJA ADUANA era um prédio que ocupava um quarteirão inteiro, com um relógio numa torre acima da entrada principal. A fachada inteira possuía janelas palacianas e o interior era tão iluminado que parecia que a alfândega estava pegando fogo. Pai e filho puderam ver que o lobby estava cheio, tanto que as pessoas chegavam a ficar do lado de fora, sob a vigilância dos guardas da fronteira. A maioria dos homens, mexicanos ou estrangeiros, era da classe empresarial ou mercantil, de ternos e desarmados. Mas havia também alguns machões, *verdaderos hombres*, como os espanhóis gostavam de chamá-los.

Do outro lado da entrada, John Lourdes entreouviu trechos de conversas tomadas pelo pânico. Eram boatos que diziam que Madero, o presidente legitimamente eleito do México que tinha sido obrigado por Díaz a fugir para o exílio e estava morando nos Estados Unidos, estava prestes a se declarar presidente temporário e emitir um decreto para a derrubada do governo. Isso era alimentado por rumores de que exércitos rebeldes já estavam se formando em Sonora, no oeste, e em Chihuahua, no sul. E, do jeito que pequenos grupos de peões podiam ser vistos cavalgando pelas estradas, isso parecia mais do que um simples boato. Uma coisa era certa. Ciudad Juárez ficaria em estado de sítio. A guerra seria levada à fronteira dos Estados Unidos. E as companhias americanas, assim como as inglesas, controlavam quase toda a riqueza da mineração e do petróleo mexicano.

Rawbone continuou andando no meio da multidão, mas John Lourdes tinha parado na entrada da alfândega. Dentro daquele lobby congestionado, mesas e estandes tinham sido montados por organizações de negócios para que suas causas pudessem ser abordadas e para a distribuição de panfletos. Num palco improvisado, os homens se revezavam para falar de um palanque, enquanto os outros esperavam. Alguns recebiam palmas, e outros, vaias. Era uma guerra de palavras, dedicada aos seus próprios interesses.

Rawbone percebeu que John Lourdes não o acompanhava e foi até a entrada onde ele se encontrava.

— Está vendo isso aqui, Sr. Lourdes? É a aplicação prática de uma estratégia.

Cada estande tinha uma bandeira com o nome da organização ou associação que ela representava. Uma delas era a ALIANÇA PARA O PROGRESSO.

— Sr. Lourdes, esse país vai explodir. Por isso, vamos fazer o que nós viemos fazer aqui e cair fora.

John Lourdes podia ouvir seu pai muito bem, mas sua mente girava como a Terra enquanto ele fazia uma lista completa dos fatos que via, ainda tentando chegar a uma conclusão — como é que um caminhão naquele jogo, passando por uma conspiração de promessas e compromissos, poderia afetar o mundo como um todo.

— Sr. Lourdes?

O filho olhou para o prédio da alfândega.

— É para lá que nós vamos.

O pai agarrou o braço dele.

— Para quê?

— É a raiz de tudo.

DEZESSEIS

Com isso, Rawbone o seguiu solenemente. O ar no prédio da alfândega estava impregnado de fumo, suores nervosos e tônicos para o corpo. John Lourdes os conduziu por um mar de discussões sobre como tais e tais homens eram os melhores para preservar o seu mundo financeiro, até ele chegar perto o suficiente da mesa da ALIANÇA PARA O PROGRESSO, para que pudesse espioná-los sem ser percebido.

Um grupo de empresários estava de pé em volta do estande. Um folheto era distribuído, enquanto um homem elegante, com os braços cruzados e o rosto quase tão inexpressivo quanto uma folha de papel, falava calmamente.

— Como membro do consulado americano, eu posso falar com clareza a respeito do assunto sobre o qual mais me questionam. Se houver uma revolução, e tudo leva a crer que ela vai acontecer, o que os Estados Unidos podem fazer para manter a estabilidade aqui? É claro que, com isso, as pessoas se referem a, além da diplomacia, uma intervenção militar. Agora eu sei que vocês não vão querer ouvir o que vou dizer, mas foi exatamente isso que falei ao Sr. Hecht.

O cônsul olhou o homem que distribuía os folhetos, indicando quem ele era. Esse tal de Hecht, o sujeito a quem o caminhão deveria ser entregue, era velho e levemente corcunda, mas tinha olhos marcantes num rosto que, do contrário, era inexpressivo.

— Ele não parece ser muito mais do que um cadáver — sussurrou Rawbone.

— Os Estados Unidos não estão, nem nunca vão estar, no negócio de construir países — disse o cônsul. — E é isso o que uma intervenção militar americana no México iria significar. Seria uma calamidade imensa. E, no fim, todos os outros países colheriam as vantagens, qualquer que fosse o resultado. Eu os advirto de que o nosso país acabaria ficando com todas as despesas, só para colher o ódio e o sentimento de vingança resultantes, ao contrário de tudo o que vocês imaginam.

Os homens agitados faziam inúmeras perguntas, mas o cônsul fez um movimento com o braço, para sinalizar que pretendia continuar.

— Pensem no que uma intervenção militar iria simbolizar. O que ela poderia fomentar entre certos grupos de cidadãos. A destruição dos campos de petróleo, dos tanques, dos oleodutos e das refinarias. Sabem o que isso significa em matéria de receita? A solução ideal é algo que está para ser discutido. O que *não* é a solução é o que...

Um tiro partiu na direção daquele teto abobadado. Os homens se dispersaram para fora do estrado, atrás do qual estava agora um *verdadero hombre*. A fumaça ainda saía do revólver que ele utilizara para chamar a atenção. Tinha um rosto formal e muito carregado, com um bigode cujas pontas iam terminar no queixo, e falava o espanhol cru, mas poético, de um fazendeiro rural.

— Eu vim para cá saído do sul. Costumo ouvir muito antes de falar. Mas eu falo. Vocês, infelizmente, pensam com os seus bolsos. Mas vocês sabem o que tem entre os bolsos? — Ele se afastou do palanque. A arma ficou pendurada numa das mãos e a outra ele pôs entre as pernas. Houve uma explosão de palmas e gargalhadas, que ele dispensou abanando o revólver. — E vocês sabem que tem mais uma coisa entre os dois bolsos. — Tocou no coração com reverência. — E isso aqui também. — Tocou na cabeça. — Quais são os princípios corretos? Nossa gente só vive até os 30 anos. A maioria mora em casas totalmente inabitáveis. Porque vocês só pensam com o bolso. Deus, lá em cima, está olhando. E Deus, lá em cima, está medindo o tamanho da alma de vocês. Eu vim lá do sul só para dizer isso.

Um pelotão de guardas da alfândega apareceu, em resposta aos tiros. Eles passaram pela multidão com vários rifles apontados para o homem armado, que continuava falando às pessoas, quase que gritando:

— Eu ainda não terminei. Tem mais uma coisa que eu tenho que dizer, antes de ser levado pelos lobos.

Seu braço girou na direção dos soldados e Rawbone teve que puxar Lourdes para trás, senão ele seria atropelado por um monte de botas e baionetas. E então, como se nada mais pudesse acontecer, foi a multidão ao redor do palco que se recusou a abrir caminho para os soldados. Esses empresários e comerciantes, esses marcos de uma espécie de masculinidade reprimida, uma vez que estavam na presença de um *verdadero hombre*, queriam provar de seu caráter, pelo menos por alguns minutos. E, assim, o orador continuou.

— Foi Deus, em seu momento mais sublime, que lhes deu isso — tocou na cabeça —, para vocês saberem o que é certo. Foi Deus, em seu momento mais sublime, que lhes deu isso — tocou no coração —, para vocês sentirem o que é certo. E foi Deus quem lhes deu isso — voltou a pôr a mão entre as pernas —, para que vocês tenham umas porras de uns colhões para fazer o que é certo, mesmo que isso signifique a própria morte. Essa é a Santa Trindade de Deus nessa terra. E, se vocês não viverem por esses princípios, são apenas uns bolsos inúteis...

Ele mal tinha pronunciado a última palavra quando os guardas da alfândega, cumprindo ordens, invadiram o palanque. O *hombre* pôs a arma no cinto e não ofereceu resistência, enquanto o caminho se abria e fechava e ele era escoltado. Ele já tinha saído antes mesmo de suas palavras silenciarem. E, então, foi como se ele nunca tivesse estado ali.

John Lourdes se abaixou para pegar alguns folhetos da ALIANÇA PARA O PROGRESSO que haviam caído no chão. Falavam de uma angariação de recursos e de um abaixo-assinado para apoiar uma intervenção americana em caso de guerra.

Quando se levantou, Rawbone falou:

— Só tem uma coisa faltando nesse lugar e você sabe o que é... As sepulturas, Sr. Lourdes, as sepulturas.

— Venha comigo.

— Você é ortodoxo demais para achar graça nisso?

John Lourdes procurou um lugar tranquilo, na parede mais distante. Uma coisa que ele podia dizer sobre o que tinha visto até ali naquela noite era como se eles tivessem dado de cara com uma instituição determinada e bem defendida cujos estatutos diziam: "A justiça é secundária; o que importa é a segurança."

Ele tirou o caderninho do bolso.

— O senhor anota tudo o que eu falo, Sr. Lourdes? Para a posteridade?

Ele passou a Rawbone um dos cartões de visita de Merrill e o lápis.

— Escreva aí Anthony Hecht... Aliança para o Progresso... e o endereço.

Ele se virou, para que o pai pudesse utilizar suas costas como apoio. Rawbone colocou o cartão ali e fez o que lhe fora ordenado. Mesmo assim, ele continuava querendo saber:

— Por que eu estou fazendo isso? Eu posso ver o filho da puta daqui. Eu sei qual é o endereço. É só uma questão de eu entregar o caminhão.

John Lourdes se virou.

— Houve uma mudança de planos. Você não vai entregar o caminhão.

— Que diabo está se passando nessa sua cabeça?

O filho apontou sobre o ombro do pai e ele se virou para ver. As paredes do prédio da alfândega tinham sido decoradas com pinturas. Aquela onde eles estavam era de Cristo em algum lugar do deserto mexicano, falando a dois anjos.

— E eu pensei que o senhor não tivesse senso de humor. Que mancada a minha, Sr. Lourdes.

DEZESSETE

Anthony Hecht não fazia a menor ideia de quem era aquele sujeito barbado e um tanto sujo que o chamava pelo nome. Ver um cartão de visita, seguro entre dois dedos como se fosse um cigarro, lhe disse menos ainda

Hecht pegou o cartão. Leu o que estava escrito na parte de trás. Ele estava conversando com o cônsul e pediu licença.

— O seu nome é...?

— Rawbone, Sr. Hecht.

— E o que esse cartão deve significar para mim?

— Eu estive com Merrill há dois dias em El Paso. Ele mandou que eu viesse me encontrar com ele aqui. Para me apresentar ao senhor. Disse que talvez houvesse um trabalho para nós dois.

— Há dois dias? Onde é que foi?

— Num restaurante de beira de estrada, perto de Fort Bliss. Ele estava com mais duas pessoas.

O velho coçou o lábio inferior com a ponta do dedo. Seria preocupação ou desconfiança o que ele via naqueles olhos firmes?

— Como é que você conheceu James?

Rawbone riu.

— Sabe aquela foto que ele leva na carteira? Do porto de Manila? Do *China*. Ele e o pessoal do pelotão? O da ponta direita é este seu criado. É claro que, naquela época, eu era mais jovem. — Ele acenou. — E mais ousado.

Ele pôde ver que o velho estava mordendo a isca.

— Merrill já voltou? — perguntou Rawbone.

— Não.

— Ah — fez Rawbone, com uma pitada de decepção. Então, um pouco preocupado, ele acrescentou: — Eu achei que ele já tivesse chegado.

O filho ficou vendo os dois homens da rua. Podiam fazer uma dupla esquisita, mas, se tirassem as roupas, o filho tinha a impressão de que eles pareciam irmãos na pobreza. A conversa continuou mais um pouco, embora fosse Rawbone quem falasse mais, apropriadamente sério e compenetrado. O filho da puta chegou ao ponto de mostrar a Hecht a automática que ele carregava no cinto e o velho olhou para ela respeitosamente.

O RAPAZ ENCONTROU Anthony Hecht com facilidade. Tinha trabalhado no comício do prédio da alfândega com um bando de outros garotos, chamando charretes para ganhar uma gorjeta e correndo até a tabacaria ou ao bar ali na esquina para pegar cerveja e bebidas destiladas.

— Pediram que eu entregasse isso ao senhor — disse ele, dando um dos folhetos da ALIANÇA PARA O PROGRESSO, que havia sido dobrado em dois.

Rawbone ficou olhando enquanto o velho lia. O golpe estava sendo aplicado nele, e com força. Os olhos de Hecht ficaram enormes e selvagens, mas, a não ser por aquele instante, o velho era tão hermético quanto uma lata de carne processada.

— Quem pediu a você para me entregar isso?

— Um cara lá fora.

Hecht foi atrás do garoto da melhor maneira que pôde mas ele já estava misturado às pessoas na calçada, quando o velho o alcançou.

— Estava aqui.

— Ele estava dirigindo um caminhão?

— Não. Ele estava aqui, em pé. E apontou para o senhor.

JOHN LOURDES ANDOU até a funerária para esperar. Estava tudo tranquilo quando chegou. No andar de cima, havia um apartamento. Fachos de luz saíam das paredes de alvenaria, enquanto a sombra de um homem se apoiava no corrimão da varanda no andar de cima. Era McManus. Pediu a John Lourdes que subisse.

O apartamento era uma imundície. As roupas ficavam penduradas numa corda, numa área ao lado do fogão. Um vira-lata quase sem pelos bebia das poças de goteiras que se acumulavam no chão. Rolos de filme se espalhavam por toda a parte. Um velho sofá puído quase completamente enterrado sob as fitas. McManus estava sentado a uma mesa cheia de garrafas de cerveja. Enrolava o que parecia ser um cigarro, quando disse a John Lourdes para se sentar e pegar um Single X.

Enrolando o cigarro com apenas uma das mãos, ele tinha a habilidade de um mágico.

— Você estava querendo informações sobre Anthony Hecht e a Aliança para o Progresso. — Ele lambeu o papel e apontou um rolo de filme na mesa. — Eu tenho uma coisa aqui para rodar no projetor. Se achar que tem valor, talvez você me dê uma gorjetinha extra.

John Lourdes abriu a lata de cerveja.

— Por que não? — Bebeu. — O dinheiro não é meu mesmo...

McManus ergueu a prótese, que tinha os dedos estranhamente esticados.

— Lá vamos nós.

— Você perdeu o braço na guerra?

McManus acendeu o cigarro e, quando John Lourdes sentiu o cheiro daquele fumo, ele soube o que era. McManus ofereceu um trago ao jovem.

— Não. Eu vou ficar só na cerveja.

— É uma pena Rawbone não estar aqui. Ele gosta de um fuminho. Um pequeno hábito que todos nós pegamos em Manila, além da gonorreia. — McManus repousou o cigarro na ponta da mesa. Pôs a mão no bolso da camisa manchada e tirou um colar. Mostrou a palma da mão, onde havia um enorme dente humano frontal, com raiz e tudo.

— Eu me meti numa briga idiota com um bêbado mais idiota ainda. Eu bati nele com tanta força que seu dente ficou encravado no meu dedo do meio. Até a raiz. O idiota devia ter raiva ou alguma doença parecida, porque uma infecção se alastrou pelo meu braço, que acabou tendo que ser amputado. Eu uso esse colar para me lembrar de nunca mais fazer uma idiotice.

Ele pôs o cigarro na boca e se levantou. Colocou o rolo de filme debaixo do braço.

— Vamos ver o que há de bom aqui.

McManus preparou o projetor no escuro. Um facho de luz esfumaçado passou por onde estava Lourdes. Do escuro um mundo surgiu. De repente, ele estava viajando pelo golfo do México. Do alto de uma torre, uma enorme vista de campos de petróleo se abria. A cada poucos segundos, mudavam de um campo para outro — cortinas de fumaça se erguendo das refinarias, uma legião de cabanas de trabalhadores e um trem se dirigindo a um depósito de lixo.

— Esses foram filmes que o presidente Díaz mandou fazer para mostrar o país. Prosperidade e propaganda. Mas, em geral, são sobre ele mesmo.

Ele segurou o cigarro perto do nariz e inalou a fumaça.

— Eu prefiro o mundo em preto e branco. Desse jeito, parece mais perto da alma das coisas. O que me diz, Sr. Lourdes?

A cena mudou de novo. El Presidente, velho, pomposo e esplendoroso, era ladeado por um conjunto de empresários, personalidades e generais. Ele tinha a mão numa espada e pedia que as pessoas se aproximassem e vissem com os próprios olhos aquele mundo exuberante.

A cena do filme mudou de homens sujos de petróleo na torre para um exército de trabalhadores que construíam um oleoduto até um petroleiro que esperava no mar. Os homens sorriram para a câmera, mas eram sujeitos de aparência pobre e cansada.

Foi quando a comitiva que cercava o presidente começou a se mover que John Lourdes percebeu a presença de Anthony Hecht. Quem seriam aquelas pessoas logo atrás dele?

A cena mudou de novo e John Lourdes pediu:

— Poderia parar o filme e voltar? Só um pouquinho. Eu acabei de ver alguém.

O momento congelou. A tela ficou branca. McManus retrocedeu o filme e, quando voltou a rodar, John Lourdes entrou no facho de luz e a sombra de seu braço apontou para alguém.

— Esse aqui é o Anthony Hecht. Você o conhece?

— Só de nome. Aliança para o Progresso.

— E aquele ali, logo atrás? Você conhece?

— Não.

— Nunca viu?

— Nunca. Quem é?

— James Merrill.

No filme, Hecht se inclinou e falou alguma coisa a Merrill, que assentiu com a cabeça. Enquanto passavam pela câmera, outro homem apareceu junto a Merrill.

Só que não era um homem comum. Ele tinha um rosto de águia que não parecia combinar com o cabelo e com o bigode bem brancos. Vestia um terno cinza e até que era bem jovem. Uma idade entre a de Rawbone e a de John Lourdes.

— Eu conheço aquele que está com Merrill — disse McManus. — O cara de cabelos brancos.

John Lourdes examinou o homem que aparecia no filme. Andava com as mãos para trás. Era bem-apessoado, ereto e se mexia com movimentos e gestos contidos.

— Costumava ser da equipe de resgate do Texas. Estudou em universidade. Em Washington, ou coisa parecida. Antes disso foi professor. É chamado de Dr. Stallings.

O final do filme saiu pelo rolo. John Lourdes se perdeu em algum lugar da tela vazia, procurando algo que ele ainda não sabia bem o que era.

— O cara da equipe de resgate do Texas. Ele trabalha com o quê agora?

— Segurança particular.

McManus desligou o projetor. A sala ficou escura.

Às vezes tudo o que existe é o contorno de uma coisa navegando numa escuridão sem mapa. O que John Lourdes sentiu de repente foi uma sensação, do mais puro êxtase, de que ele estava atrás de uma verdade que juntaria tudo aquilo. Ao mesmo tempo, sentia o mais completo nojo. Parecia sem causa e impossível de ser contido, mas existia.

Quando a luz do corredor entrou na sala, John Lourdes viu que ele e McManus não estavam sozinhos. O rapaz que estava dormindo na mesa e que Rawbone tinha intimidado entrou carregando uma espingarda de caça. Ficou bem afastado dos homens, próximo à parede. O lugar para onde ele apontava o cano duplo era bem claro.

DEZOITO

— Emmanuel, eu vou tirar a arma do Sr. Lourdes.

McManus deu a volta em John Lourdes e com a mão carnuda pegou a automática com imenso cuidado. Colocou-a no cinto.

Foi até o projetor, pegou o cigarro e deu mais um trago na fumaça, antes de colocá-lo de novo na mesa. Seus olhos ficaram úmidos e ele esboçou um sorriso. Começou a voltar o filme no projetor.

— Nós vamos voltar esse filme e você vai me explicar quem são essas pessoas e o que vocês estão fazendo aqui e por que tem um caminhão cheio de armas nà minha garagem.

— O que você está fazendo é desaconselhável.

— É mesmo? Muito bem... Eu fumei esse cigarro de maconha só para ficar mais à vontade. Porque sou meio violento... foi por isso que te contei a história do dente. Ah, e aquele seu caderninho. Põe naquele banco.

Enquanto colocava a mão no bolso, John Lourdes deu uma olhada rápida em Emmanuel que foi percebida por McManus. Depois que terminou de voltar o filme, ele foi até o banco. Balançou a cabeça, muito decepcionado com John Lourdes. Pegou o caderninho e com o mesmo movimento baixou a prótese como se fosse uma clava na lateral da cabeça de John.

A força fez John Lourdes dar uma cambalhota no banco e bater no chão soltando um gemido alto. Parecia que a sala e tudo o que havia nela tinham se transformado em líquido puro. Ele levantou a cabeça e tentou se levantar. Percebeu que estava deixando manchas de sangue nas tábuas de madeira.

McManus colocou o caderninho na palma da mão de madeira e com a outra foi virando as páginas. John Lourdes se apoiou no banco para ficar ajoelhado. O sangue, que escorria por uma laceração no canto de um dos olhos, formava uma trilha vermelha em um lado de seu rosto. McManus continuou impassível, lendo uma página após a outra, enquanto Emmanuel montava guarda na parede com a espingarda apontada para John Lourdes. Ele estava tentando se recompor quando, do rosto abaixado, os olhos de McManus se ergueram de um modo bastante revelador.

— Estou vendo que a sigla BOI está escrita em toda parte.

— Isso não tem nada a ver com você.

Ele pegou o caderno com a mão boa. Seu grande tórax se expandiu lentamente.

— Eu e um amigo costumávamos assaltar casas em São Francisco. Eu ficava de vigia e ele abria a janela. Uma vez nós roubamos uma mulher que tocava piano. Esse braço era dela e é por isso que ele é tão pequeno, e o polegar e o dedo mindinho são tão afastados. Era para ela alcançar as notas. — Ele fingiu que tocava. — Foi feito por um sujeito em Northampton, na Inglaterra. — Ele virou o punho, como se John Lourdes quisesse ver onde estava gravado o nome do fabricante. — É uma boa arma. Mas nada que se compare ao que tenho aqui no meu bolso.

Ele segurou o caderninho entre dois dedos da prótese. Com a mão saudável, tirou do bolso um cassetete preto, pequeno e reluzente. Passou a mão pela alça de couro. Caminhou até onde estava John Lourdes e deixou que a arma ficasse pendurada sobre sua perna, para que o rapaz pudesse dar uma boa olhada nela. De pé, diante de John, McManus perguntou:

— Rawbone sabe que você trabalha para o BOI?

John Lourdes não respondeu e o cassetete foi direto em seu rim. Uma dor terrível subiu por suas costas. McManus perguntou mais três vezes e a resposta foi sempre o silêncio. Ele estava se agarrando ao banco com um cotovelo quando ouviu algo zunir no ar. O golpe seguinte bateu com precisão absoluta. Uma onda de vômito subiu-lhe até a boca, mas a mente estava perfeitamente clara.

— Ele sabe?

A cabeça de John estava caída, enquanto ele tentava se levantar.

— Sabe?

— Por que você não pergunta direto a mim?

Rawbone estava na porta com o chapéu na mão e um facho de luz delineando sua silhueta.

— Ele trabalha para o BOI.

Rawbone entrou no quarto, aproximando-se de uma maneira que Emmanuel e a arma estivessem sempre em seu raio de visão. Falou direto a John Lourdes:

— Parece que você não fez aquilo que mandei que fizesse no edifício Mills. Onde devia manter os olhos.

O filho notou o tom de comando na voz do pai e, mexendo de leve o corpo, percebeu que Rawbone tinha escondido a pistola automática atrás do chapéu.

— Você sabia que ele trabalhava para o BOI?

— É lógico que sim.

— E, mesmo assim, você colocou ele na minha vida?

— Isso não tem nada a ver com a sua vida. E você ainda ia ganhar dinheiro com o negócio.

— Você mentiu para mim sobre ele.

— Conhecendo você, achei que essa fosse a solução mais prática.

McManus jogou o caderno de anotações em cima de Rawbone. O caderno foi bater na cara dele e caiu no chão, perto do filho.

— Você agora também trabalha para o BOI.

John Lourdes pegou o caderno e se agarrou ao banco para se levantar. Rawbone o ajudou.

— Isso mesmo. Ajuda ele a se levantar, limpa a roupa dele. Você não passa de um mordomo! Um serviçal!

O pai olhou para o filho, para ver o quanto ele havia sido surrado.

— A propósito, Sr. Lourdes, o senhor teve hoje muita sorte.

Naquele momento, o filho não estava tão certo disso.

— Sua mensagem. Ela causou a reação que você desejava no Sr. Hecht.

John Lourdes assentiu e limpou o sangue que corria por seu rosto e pescoço.

— Pague ao nosso amigo o que você combinou e vamos embora daqui.

— O que você quer?

McManus desviou sua atenção para Rawbone.

— O que você virou?

— Eu preciso da minha arma de volta — disse John Lourdes.

McManus não lhe deu atenção.

— O que você virou? — repetiu.

— Dê o seu preço — disse Rawbone.

McManus ordenou:

— Emmanuel.

O homenzinho com a espingarda deu um passo à frente, chutando o banco que estava em seu caminho.

— Eu perguntei o que você virou.

— Não faça isso — disse Rawbone.

— O que você virou?

Havia uma determinação furiosa por parte de McManus de querer ver aquela pergunta respondida. O filho estudou o pai. Notou um movimento mínimo na mão com o chapéu.

— Há quanto tempo que a gente é amigo?

— Responde.

— Tudo bem. Eu vim para cá, como alguns diriam... um assassino comum. E eu vou sair daqui do mesmo jeito. Portanto... qual é o seu preço?

— O que você virou?

— Meu Deus, porra. É uma questão de sobrevivência, certo? A *minha* sobrevivência pessoal. E eu não quero que você fique todo armado. Qual é o seu preço?

— McManus — gritou John Lourdes. — O BOI não tem nada contra você.

McManus se inclinou sobre Rawbone, olhou para ele e disse:

— Você agora é um cano de esgoto.

— Qual é o seu preço?

— Existem outras coisas na vida, além da sobrevivência.

— É o que você diz. Agora, me dá o seu preço.

A cabeça do homem se virou para o lado como se ele fosse um urso grande e seus olhos ficaram pequenos como gotículas de vapor.

— Você é o meu preço.

— Pois não, irmão — disse Rawbone. E, num piscar de olhos, antes que o chapéu tocasse no chão, ele se virou e disparou a automática várias vezes. O homenzinho chamado Emmanuel não tinha a menor utilidade com uma espingarda na mão. Ele caiu para trás e gritou, dobrando-se em dois. A espingarda disparou sem direção. Um lampião de gás explodiu, jogando cacos de vidro e faíscas por toda parte. As cortinas fúnebres da janela mais distante começaram a pegar fogo.

Antes que Rawbone pudesse se virar, McManus jogou aquele monte de escória, que era o seu corpo, em cima dele e agarrou a mão que segurava a arma. Continuou pressionando na direção da parede, mexendo vigorosamente as pernas, com Rawbone tentando se soltar e disparando a arma loucamente. John Lourdes deu uma gravata em McManus, tentando puxá-lo para trás, mas ele era forte demais e, com o ombro, atirou o rapaz contra o projetor, como se ele fosse um inseto. O motor ligou e começou a fazer o clic, clic, clic, clic, clic, clic dos carretéis girando, e um facho de luz esfumaçada surgiu. Rawbone foi jogado contra a parede de alvenaria.

Um som feio saiu de dentro dele, como se ele tivesse atravessado a parede. Havia gasto toda a munição. O corpo de Emmanuel estava a menos de 30 centímetros de distância. A espingarda estava apontada para cima, por sobre o corpo. Rawbone se virou, tentando se inclinar o bastante para alcançar a arma. John Lourdes voltou a se jogar em cima de McManus, dessa vez agarrando seus braços por baixo dos ombros fortes, para libertar o pai. McManus perdeu o equilíbrio por um segundo e Rawbone conseguiu deslizar pela parede o suficiente para os seus dedos alcançarem o cano e agarrarem a arma, antes que o homem pudesse se recompor.

McManus passou a gritar um grito de guerra dolorido e atávico. Usou a prótese como um chicote, mas ainda segurava Rawbone com o braço bom e não havia espaço suficiente para um fio de cabelo entre eles. Os três estavam completamente embolados e giravam como loucos, derrubando os outros bancos. O filme começou a rodar novamente e as sombras corriam pela tela, enquanto o presidente Díaz se postava em frente de empresários, personalidades e generais, convidando o espectador a ver um mundo florescente.

A fumaça das cortinas em chamas deixava o ar acinzentado. Agora, McManus forçava o corpo para trás. Suas botas faziam um tamborilado regular, mesmo quando se movimentavam para o lado. Ele era como um trem de carga para ser contido e nem os outros dois juntos conseguiam dar conta disso. Rawbone continuava com a espingarda na mão, esforçando-se para fazer os dedos correrem pelo cano.

Os três estavam entrelaçados, como uma antiga estátua das praias de Troia. No facho de luz na tela e sobre os seus corpos apareciam as imagens de vastos campos de petróleo no Golfo, homens de rostos cansados e lambuzados de óleo e um trem solitário se movendo na direção de montanhas brancas e recortadas.

As cortinas eram um quadro de fogo e de cinzas. Os homens grunhiam como animais cada vez que respiravam. McManus conseguira se recompor e agora jogava John Lourdes contra a parede. Ele então se inclinou para a frente e suas botas deslizaram na madeira. McManus voltou a golpeá-lo e o sangue do ferimento acima do olho espirrou sobre o rosto do outro.

Rawbone falou, ofegante:

— Sr. Lourdes, o senhor pode segurar o meu amigo só mais um segundinho?

— Eu... posso.

E então Rawbone bateu com o alto de sua cabeça contra aquele queixo enorme, enquanto as mãos alcançavam o gatilho. John Lourdes conseguiu passar o braço em volta daquela cabeça de urso e puxá-la para trás. Rawbone se esgueirou e passou o outro braço, num aperto, pela frente do corpo e finalmente conseguiu aprumar a arma. McManus viu o cano ficar a centímetros de seu rosto, e aí a pergunta não era mais se, mas quando.

Rawbone, quase tomado pela exaustão, falou:

— Solte ele.

McManus não aceitou.

— É só desistir e termina tudo.

McManus abriu a boca e ciciou:

— Para quê?

Rawbone fuzilou-o com um olhar que parecia um arpão.

— Sr. Lourdes, jogue a sua cabeça para trás.

John Lourdes se afastou o máximo que pôde.

— Amigo — disse Rawbone —, solte ele ou esse será seu último momento.

O rosto em cima do cano da espingarda se encheu de desprezo e desafio, um réquiem para a coragem e, em meio à fumaça e à torrente de imagens que apareciam na tela, aquele momento viu Rawbone puxar o gatilho.

DEZENOVE

O ROSTO ESTAVA ALI num segundo e no outro era uma massa exposta de sangue e ossos. Aquele grande monte de músculos e força de vontade desabou como uma rocha no chão. Rawbone ficou ali, de pé, com fumaça e pedaços de cortinas queimando no ar à sua volta, olhando para aquilo que um dia fora um amigo seu.

— Tudo o que ele tinha que fazer era desistir.

John Lourdes se ajoelhou exausto e sufocado da fumaça. Ele rolou o corpo e tirou a automática do cinto do morto. Pôs-se de pé. Rawbone continuava olhando para baixo, para a prova brutal do que tinha acabado de acontecer.

— Apague o fogo — disse John Lourdes.

— Deixe...

A última parte do filme chegou com os infinitos giros dos carretéis, enquanto John Lourdes olhava o projetor.

— O que você está fazendo?

— Apague o fogo.

John Lourdes saiu da funerária para uma noite de céu estrelado, com o rolo de filme debaixo do braço. Tudo estava quieto, a não ser pelo apito solitário de um trem distante. Rawbone estava olhando o outro lado do rio e fumando, quando o outro foi se juntar a ele. O pai tirou uma bandana do bolso de trás e passou para o filho.

— Você ainda está vazando.

Rawbone continuou olhando o outro lado do rio. O passado dele estava ali, no escuro. Ele era o herdeiro da mão impetuosa que ele próprio criara e sabia disso. John Lourdes ficou observando. Rawbone parecia distante e preocupado, pego em meio a uma tensa incerteza. Era uma imagem que o filho não se lembrava de ter visto quando menino. É claro que podia muito bem ser uma parte que o garoto não conseguia reconhecer.

— Ele preferiu morrer — disse Rawbone. — Por quê?

O filho não tinha certeza se o pai esperava que ele respondesse. E tinha uma ideia do motivo, mas seu veredicto seria emocional e ele pretendia usá-lo num momento adequado, como uma vingança.

Rawbone apontou o rolo de filme.

— O que isso tem de tão importante?

John Lourdes explicou o que era o filme e como acreditava que ele poderia servir de prova da ligação de certas pessoas a certos acontecimentos. Rawbone soltou um riso breve e sarcástico.

— Eu acho que tudo pode acontecer no futuro.

Então, ele tirou do bolso uma folha do caderninho e o lápis que o filho havia lhe dado.

— Como eu já disse, Sr. Lourdes, o senhor teve muita sorte hoje. — Passou o lápis e o papel ao filho. — E a sua boa sorte de hoje será a minha boa sorte de amanhã.

O pai agora estava animado e quase sorrindo.

— Amanhã, o senhor vai ser o Santo Agente do juiz Knox e eu vou embora agradavelmente, não sei nem para onde — e acrescentou —, com a consciência e o nome limpos.

Rawbone era capaz de colocar de lado o que tinha acabado de acontecer com a mais absoluta impunidade e voltar a se concentrar em si mesmo. Era uma característica que, apesar de não ser nobre, John Lourdes achava que deveria adquirir.

Olhou para os garranchos do pai. Ele viu alguns nomes — a palavra ferrovia sublinhada várias vezes — e o Rio Panuco.

Rawbone descreveu como o esquema que ele montou para cair nas boas graças de Hecht tinha saído melhor do que ele havia imaginado. E o bilhete que John Lourdes havia escrito...

Enquanto andavam para o armazém que ficava atrás da funerária, Rawbone quase riu ao ler: "Sr. Hecht, eu cheguei com o equipamento para o seu depósito de gelo. Vamos acertar o pagamento para amanhã de manhã."

Cada um abriu uma porta do galpão. As dobradiças rangeram. Rawbone continuou:

— Foi uma maneira magnífica de se colocar a situação, Sr. Lourdes. Aquele bilhete subiu até a raiz do cu dele.

Rawbone usou o cigarro para acender um lampião. A luz caiu naquele lugar vazio e lá estava o caminhão, estacionado ao lado de um carro funerário de aparência bonita, elegante e todo coberto de poeira. A luz atravessava as janelas de vidro.

O pai continuou comentando como foi seu encontro com Hecht, enquanto John Lourdes, exausto e ainda sangrando, colocou o filme na cabine e se sentou no banco.

Rawbone contou como Hecht vivia numa casa, pouco acima do prédio da alfândega. Ele o convidara a entrar, acreditando que ele fosse amigo de Merrill. O pai fora levado a uma cozinha, onde a cozinheira, uma mexicana velha, recebeu ordens de lhe servir café e comida. Então, Hecht pediu licença e saiu.

Os homens continuavam chegando, um ou dois de cada vez. Ouvia-se o que pareciam ser discussões num quarto distante. As vozes eram sombrias e controladas. O que ele escreveu fora tudo o que ele pudera ouvir, sob a forte vigilância da cozinheira. Ele cuidadosamente a encheu de perguntas, mas ela era imune a amizade ou a elogios.

Quando os homens saíram e tudo ficou em silêncio, Hecht voltou à cozinha e liberou a cozinheira. Os dois homens se sentaram como dois velhos amigos a uma mesa trabalhada, bebendo café misturado com uísque.

— Ele foi muito educado e cheio de si — contou Rawbone —, fazendo perguntas para me testar. É um filho da puta ardiloso.

O pai se olhou no vidro empoeirado do carro fúnebre, a imagem refletindo sob a luz do lampião. Ele falou consigo mesmo como se fosse Hecht:

— Eu tenho que marcar um encontro amanhã para pegar um caminhão com o equipamento para um depósito de gelo, que deve ser entregue no sul da cidade. Eu devia ter passado essa tarefa ao Merrill, mas como ele não está aqui e você é amigo... e eu disse a ele enquanto eu enchia a xícara com mais um pouco de uísque... "Quando Merrill chegar, ele vai lhe dizer que eu sou de confiança, porque ninguém me conhece melhor que ele." É claro que ele não fazia a menor ideia de que a última vez que eu vi Merrill ele estava vazando sangue pela cabeça.

Rawbone se virou para John Lourdes:

— E aí ele joga uma isca para mim que é melhor ainda. Ele diz que, se eu fizer tudo certo, eu vou ganhar um emprego com as pessoas que trabalham com Merrill. Agora, Sr. Lourdes, o senhor consegue ver as coisas pelo lado dele?

O pai fumou uma boa parte do cigarro e esperou enquanto o filho perambulava silenciosamente pelos recônditos escuros da mente humana. Ele estivera segurando o ferimento no olho com a bandana, mas agora estava de pé. Olhou seu reflexo no vidro do carro funerário, para verificar se o sangue havia estancado. Rawbone estava ao lado dele. Viu o filho começar a sorrir e então a rir abertamente.

— Ele está atirando você aos lobos.

— Exatamente. Eu levo o caminhão e volto, está certo. Mas, se acontecer alguma sacanagem, sou o perfeito ignorante idiota que acaba sendo jogado numa vala por aí.

Ele pôs a mão no ombro de John Lourdes e se inclinou para falar, como se eles fossem dois criminosos em prisão perpétua em conluio tramando crimes.

— Agora, deixe eu lhe dizer como é que eu acho que nós devemos agir para acabar com isso.

— Eu posso ver muito bem o que você está pensando.

— É mesmo?

— Você leva o caminhão e fica com o dinheiro. Em compensação, você o entrega a Hecht, mas eu descubro onde e a quem você entregou. Aí eu volto para casa e você cobra o tal emprego de Hecht, com um sorriso bem-humorado, como você mesmo diz. E sabe o que mais? Você pode ter ganhado um futuro de presente nessas bandas.

— Ah, Sr. Lourdes, o senhor pode ser um grandiosíssimo filho da puta.

— Totalmente puro-sangue.

Mas o filho ainda não tinha acabado. Ele pegou o cigarro do pai. Seu humor ficou sombrio quando pensou num ataque mais forte.

— Você vai entregar o caminhão, mas se você levar um corpo com ele? Para mostrar que teve que matar para continuar com o caminhão.

O pai chegou mais perto e olhou o filho pelo vidro empoeirado, da posição em que estava.

— Até o dinheiro devia ter marcas de sangue — disse John Lourdes. — Pense no grau de confiança que você vai ganhar. O quanto Hecht ficaria grato a você.

Na meia-luz do armazém, o pai levantou uma sobrancelha.

— Um homem que é capaz de pensar uma coisa dessas tem que ter uma mancha negra em algum lugar da vida.

— Você nem faz ideia.

Um pensamento levou a outro. O pai adquiriu um ar arrogante e seguro de si.

— Existe um ditado que diz que um carro funerário nunca deve ser consertado ou limpo, a não ser que ele tenha uma reserva confirmada para ser usada. Caso contrário, se for preparado, ele vai arranjar alguém para carregar. O senhor é supersticioso?

— Não.

— Mas eu sou. Por isso, tire as suas mãos desse carro.

* * *

Rawbone estava sentado à mesa da cozinha, como na noite anterior, quando o telefone tocou no corredor. O Sr. Hecht entrou na cozinha minutos depois e liberou a cozinheira. Tinha anotado a hora e o lugar marcado. Estava carregando uma bolsa de couro que colocou na mesa em frente de Rawbone.

A oeste da Calle de la Paz ficava uma ribanceira que ia dar lá em Rio Bravo. Era ali também que se jogava o lixo fora. Horas depois, Rawbone deixou uma mensagem urgente para Hecht encontrá-lo lá.

As gaivotas voavam no calor ou pegavam alguma coisa do lixo. Rawbone fumava e esperava sozinho, enquanto um veículo solitário vinha aos solavancos por aquele trecho imprestável da estrada.

O Sr. Hecht estava sozinho. Deu uma olhada em Rawbone quando saiu do carro. Olhou o caminhão.

— Eu não entendo. O que é que nós estamos fazendo aqui?

— Eu já vou te mostrar.

Levou Hecht até os fundos do caminhão, onde um plástico foi puxado de lado só para que ele visse o que sobrara de McManus. O velho ficou olhando para o cadáver. A bolsa de couro estava ao lado do corpo. Rawbone ficou segurando a bolsa, para Hecht pegar. Estava manchada de sangue.

— Esse aí teve uma ideia diferente sobre a maneira de se conduzir a transação.

O Sr. Hecht não quis nem tocar na bolsa.

— Nada como um "foda-se" educado — disse Rawbone. Ele tirou um maço de notas de cem da bolsa, depois arrancou a fita que o prendia e pôs o dinheiro no bolso.

John Lourdes tinha visto tudo do meio das árvores, juntando-se ao pai apenas depois que o carro de Hecht havia saído de cena, deixando uma trilha de poeira atrás de si. Olhava um bilhete que Hecht havia escrito em seu papel timbrado. Dirigido ao Dr. Stallings, falava de um emprego e devia ser levado à ferrovia ao lado do trevo da estrada para Casas Grandes.

— Você sabe quem é esse médico, não sabe?

— Sei. Ele aparece no filme.

O pai estendeu a mão para cumprimentá-lo, mas o filho estava preocupado com a carta.

— Sr. Lourdes, o senhor cumpriu a sua parte e eu cumpri a minha. Está na hora de nos separarmos.

O filho o encarou. Não cumprimentou o pai.

— Estou certo de que você acredita que ambos aprendemos muito nesse tempo que passamos juntos. Só que nós ainda não estamos nem perto do fim.

VINTE

RAWBONE FICOU AO vento, com as gaivotas passando no céu lá em cima, e olhou o filho, como se uma montanha tivesse caído em cima dele.

— É melhor o senhor me esclarecer sobre o que isso significa.

— Você fala a mesma língua que eu. A gente só vai acabar quando eu disser que acabou.

— Você está tentando me fazer parar numa vala?

Ele pegou a carta e começou a se afastar.

— Para onde você vai? — perguntou John Lourdes. — Para os Estados Unidos é que não é.

O pai ergueu a carta na mão.

— Eu vou me apresentar ao meu futuro.

Quando Rawbone chegou ao caminhão, John Lourdes estava atrás dele com a arma e a pressionava contra sua nuca. Com o braço esticado, pegou a automática que Rawbone levava.

Depois, John recuou. Apontou para os fundos do caminhão.

— McManus... foi você que matou. Eu sei... e o Sr. Hecht... também sabe. Você pode até dizer que ele é seu cúmplice nesse caso. Agora, se o juiz Knox contatar a espionagem mexicana... bem...

O filho fez uma volta em torno do pai.

— O que você me disse naquele rio quando... envenenou... aqueles três agentes da alfândega... "Sr. Lourdes, essa é uma maneira de eu prender você na cruz." — Havia uma chama em seus olhos. — A gente só vai terminar quando eu disser que está tudo encerrado.

— Lá na rua, quando íamos para o prédio da alfândega e você carregava aquela foto. E o bilhete para Hecht. Você já estava tramando isso naquela hora?

— Esse momento agora?

— Esse momento agora.

Como que imitando o pai, ele falou:

— Não. Mas passou bem perto, de qualquer maneira.

— Parece que o senhor realmente está alguns níveis acima do estilo Montgomery Ward's.

John Lourdes pegou a carta.

— Você vai entregar esse caminhão e arranjar um emprego, e eu vou estar ao seu lado e nós vamos descobrir para onde esse caminhão está indo, para quem e por quê, mesmo que isso signifique ir até o fim do...

— Eu já vou lutar com a morte antes disso.

— E quem disse que você já não está lutando? Talvez eu tenha limpado um pouco aquele carro funerário em sua homenagem, antes de a gente sair de Juárez.

Rawbone mudou de tática. Pegou um cigarro e acendeu. Recostou no caminhão, esticando os braços sobre o capô, como se estivesse se alongando.

— Acho que eu vou ficar aqui relaxando e apreciando a vista.

— Agora, escute — disse John Lourdes. — Eu não sou uma rua vazia, por onde você passa e pronto. Tem eu, tem você e tem esse caminhão. E pronto. Não existe passado nem futuro. Só existe o agora. Está me entendendo? — Ele apontou o revólver para o caminhão. — Esse é o nosso mundo. Está vendo essas letras aqui na lateral, AMERICAN PARTHENON? Pois esse é o nosso mundo e nada mais. Só existimos eu... e você... e esse caminhão. E nós vamos com isso até o fim... juntos. Seja lá qual for o fim. Mesmo que tudo o que reste sejam os nossos ossos e o chassi. — Ele estava quase sem fôlego e podia sentir todo o seu corpo e todas as suas veias arderem de raiva. Ele lutou para se acalmar.

— E, quando nós terminarmos, quando eu decidir que está terminado, aí você vai ganhar a sua imunidade. Agora... — Ele andou para a traseira do caminhão. — Venha me ajudar a tirar McManus da carroceria e levá-lo para um lugar mais... adequado ao estado em que se encontra.

— Qual o motivo de tudo isso, Sr. Lourdes?

O filho parou. Sua cabeça e seus ombros se retesaram. Ele se virou.

— Talvez seja essa marca negra que você carrega. Ou talvez você esteja desesperado para provar que não é nada disso. Uma escada é sempre um desafio maior se o homem é pequeno.

— Os ensinamentos de um assassino comum!

— Eu sobrevivi até aqui porque sou uma pessoa autêntica. — Rawbone foi pegar a trouxa no caminhão. — E o motivo disso tudo... é a aplicação prática de uma estratégia. Como foi vista pelos olhos de um tal John Lourdes.

Rawbone jogou a trouxa por cima do ombro. Começou a se afastar. O filho viu e gritou:

— Você pode achar que vai embora, mas não vai.

O pai continuou.

— E a sua família?

Rawbone parou. Seu rosto estava completamente sem emoção. O filho ouvira a si mesmo ao pronunciar aquelas palavras, mas falou sem pensar, sem se preparar, sem ter um plano. Elas saíram como um grito da mais pura raiva, totalmente formadas. Prontas, dispostas e capazes de tirar sangue e servir a um propósito, tudo isso ao mesmo tempo.

— Você tem família, não tem?

Rawbone jogou fora o cigarro.

— Em El Paso?

O pai não se mexeu. Só jogou a trouxa sobre o ombro, como se estivesse pronto para voltar a andar.

— Será que era isso o que você estava me perguntando na igreja sobre o *barrio*, se eu conhecia as famílias de lá...

— Eu não faço a menor ideia aonde o senhor quer chegar — atalhou Rawbone. — Mas eu vou te mandar meus pêsames quando você chegar lá.

John Lourdes se aproximou, com a própria arma numa das mãos e a do pai na outra. As duas estavam apontadas para o chão.

— E se eu te disser que alguém do BOI conhece a sua família? Posso até dizer que o juiz Knox falou com um membro da sua família. Significaria algo para você?

O filho podia ver alguma coisa se mover nos olhos e no queixo do homem à sua frente. Eu coloquei a faca no pescoço dele, pensou o filho. Encontrei um lugar de onde sangra, graças a Deus.

— Olhe para lá — disse John Lourdes.

Ele falava da ribanceira e do lixo que havia naquele lugar que ficava inundado em certas estações.

— Essa é a sua vida. — Deu um tapa nas costas de Rawbone. — E sabe o que mais? Quando chegar a sua hora, McManus vai estar aqui, te esperando. Com a maconha e o braço de madeira dele. — Ele até fingiu estar tocando nas teclas brancas com um braço só e com aqueles dedos muito espaçados.

Rawbone ficou em silêncio, vendo toda aquela exibição. Depois, ele disse:

— Sr. Lourdes, acredito que eu vá ter que matar o senhor.

— Quer dizer que você não tem certeza?

John Lourdes pegou a arma de Rawbone e a enfiou na parte da frente das calças dele.

— Desse jeito, você tem pelo menos uma coisa entre os seus bolsos. — Partiu na direção do caminhão. — Eu vou procurar um bom lugar para o Sr. McManus admirar o pôr do sol.

O pai não fez nada. Tinha sido pego de surpresa e agora avaliava a situação criteriosamente. Olhou para a ribanceira. De Juárez vinha uma charrete puxada por uma mula. Um velho estava sentado no banco. Um menino corria ao lado, se desviando do lixo, erguendo coisas que ele achava serem valiosas e, volta e meia, o velho concordava e acenava que sim, sim, e o garoto corria até ele com um ar de orgulho diante de sua descoberta.

O pai tirou o chapéu e limpou o suor dentro do feltro com a bandana, aquela que ele tinha dado ao filho para estancar o sangue do ferimento.

Ele devia ter seguido o seu próprio instinto na estrada para El Paso, quando vira aquele caminhão pela primeira vez. Devia ter ouvido Burr. Devia ter desaparecido numa paisagem mais hostil e adequada à sua situação. Preste muita atenção no que dizem os seus instintos, porque eles sempre dizem a verdade. Mas, mesmo assim...

Ele colocou o chapéu de volta na cabeça, todo empertigado e esfarrapado, e então gritou no tom de voz pelo qual era mais conhecido.

— Ei, Sr. Lourdes. Guarde um lugar para mim nesse caminhão!

2ª PARTE

VINTE E UM

A ESTRADA PARA CASAS Grandes ficava no sul. O pai dirigia para ocupar o tempo; o filho lutava para afastar a dor cada vez maior da surra de cassetete que levara — e que a estrada tornava ainda mais impiedosa. Quando ele parou para urinar, a poeira em suas botas escorreu avermelhada.

— McManus conhecia o ofício dele — disse o pai. — Você vai ficar bem em um ou dois dias. Ou talvez não.

Eles dirigiam à sombra das montanhas áridas, e o filho percebeu e compreendeu que eles estavam sendo desnudados, a cada quilômetro que passava, tanto um como o outro, até não haver mais nada entre eles que não fosse o que realmente eram.

Do nada, o pai falou:

— Caça e caçados. Cada um vai ter a sua vez.

* * *

Eles seguiram ladeando os trilhos por várias horas e finalmente chegaram às colunas espartanas de fumaça se erguendo sobre os pés de algodão plantados às margens de um pobre riacho. A encruzilhada, que era o destino deles, possuía também uma caixa-d'água, armazéns e uma oficina para locomotivas.

Aproximando-se do rio, eles podiam ver, em meio às árvores, que um acampamento com bem mais de cem homens havia sido erguido. Dois trens estavam sendo preparados para uma viagem. Por cima do córrego estreito passava uma ponte de madeira, que fora reforçada para poder aguentar o peso dos caminhões de carga. Dois gringos desconfiados fizeram sinal para que eles parassem. Quando lhe perguntaram o que queriam, Rawbone lhes deu o bilhete de Hecht. Um deles leu acompanhando cada palavra com o dedo, antes de devolver. Ele apontou um dedo sujo na direção de uma tenda de campanha, que havia sido montada na grama seca, ao lado de onde preparavam os trens. Lá, eles encontrariam o Dr. Stallings.

O que eles viram enquanto dirigiam pelo acampamento foi um amontoado incrível de rufiões, e quem quer que olhasse para aqueles trens não teria dúvida alguma de que, qualquer que fosse o destino da expedição, a viagem seria longa e possivelmente violenta. O primeiro trem tinha uma locomotiva 0-6-0 com o tênder e um vagão aberto para carvão, que ficava na frente. O interior do vagão de carvão estava sendo adaptado para se tornar uma plataforma de tiro. O segundo trem tinha uma imponente locomotiva Mastodon 4-8-0. Foi assim que o filho disse que ela se chamava, já que ele trabalhara com elas no galpão de El Paso. Criada para puxar pesados trens de carga através de montanhas como as

Sierra Madres, ela ainda levava dois vagões de passageiros por trás do tênder, mais um vagão de carga para as montarias e três vagões-plataforma, onde os caminhões de combustível estavam sendo colocados e amarrados e, no final, mais um vagão de passageiros.

Uma tenda de campanha havia sido montada ao lado do último vagão, onde cerca de 24 mexicanas preparavam uma refeição e a serviam em longas mesas.

Rawbone diminuiu a velocidade quando encostou ao lado da tenda. A lona foi empurrada para o lado e então apareceu o homem que John Lourdes havia visto nas imagens do filme na noite anterior, na funerária.

O Dr. Stallings tinha se barbeado recentemente e estava muito bem-vestido com um terno cinza. Atrás dele vinham dois gorilas que faziam a segurança e um jovem tubarão que exibia um cinturão do Exército. As mangas da camisa haviam sido cortadas nos ombros e um dos braços tinha uma tatuagem da bandeira americana que ia do punho até a escápula.

Antes de desligar o motor, Rawbone sussurrou baixinho:

— Uma turminha e tanto, hein, Sr. Lourdes?

O Dr. Stallings se aproximou do caminhão. Examinou-o pacientemente. Viu as palavras AMERICAN PARTHENON pintadas na lateral. Recebeu o bilhete que lhe foi entregue. Stallings a pegou nas mãos e pareceu ficar extremamente curioso sobre Rawbone. Leu o que estava escrito e começou a contornar o caminhão. Quando chegou à traseira, falou:

— De quem é essa motocicleta aqui?

Pai e filho trocaram um olhar. Como responder àquilo? Rawbone foi mais rápido.

— Estava no caminhão, quando nós fomos pegá-lo.

Stallings caminhou junto aos fundos à traseira do caminhão, mãos nas costas, examinando os caixotes e o próprio veículo. Chegando à cabine, olhou John Lourdes, mas sua atenção se desviou imediatamente para o outro.

— Eu acho que já o conheço.

Rawbone se encostou no volante.

— Eu sou muito bom fisionomista. Mesmo quando os rostos não são particularmente interessantes ou estranhos.

— Acho que já bebemos umas e outras no Texas, se é isso o que quer dizer.

— O seu nome...?

— Rawbone.

Os olhos do médico se ergueram e a boca fez um "ahhh" silencioso.

— O bilhete fala de você. — Apontou o queixo para John Lourdes. — E esse aí, quem é?

O filho quis responder por si, mas o pai ergueu a mão para interrompê-lo. Inclinou-se sobre John Lourdes, como se ele nem existisse, e falou num tom muito confidencial a Stallings:

— Pegar esse caminhão não foi nada fácil, como o próprio Sr. Hecht pode testemunhar. E, bem... esse rapaz aqui pode ter esse figurino da Montgomery Ward's, mas, se não fosse por ele... eu não estaria aqui neste momento.

O filho captou o tom ácido direcionado a ele e então o olhar do pai foi do acampamento para o trem e de lá para os brutamontes perto da tenda.

— Dr. Stallings, em expedições como essa em que o senhor está prestes a embarcar, a minha experiência pessoal diz que sempre ocorrem... vítimas.

O Dr. Stallings não mudou de expressão. Ele pôs o bilhete no bolso e partiu para a tenda. Ao fazer isso, chamou:

— Jack B, coloque o caminhão e a carga no trem. E arranje uns cartões de segurança para esses homens aqui... depois das devidas apresentações.

Jack B, como se veria, era o jovem tubarão com o braço todo tatuado. Ele fez sinal para que o seguissem com o caminhão. Passaram por todos os vagões estacionados, onde as pessoas jogavam cartas ou ficavam à toa. Em cima de um deles, dois homens posavam com seus rifles, enquanto um jovem e magérrimo mexicano os fotografava com uma câmera de bolso.

— Pode ter sido um erro — disse John Lourdes — trazer a motocicleta. Se Merrill e a turma dele saíram daqui, o doutor pode ter reconhecido...

— É claro que ele reconheceu. Por que você acha que ele perguntou aquilo? E, quanto ao fato de ser um erro trazer a moto até aqui, o erro é *estar* aqui.

Jack B fez com que eles levassem o caminhão para ser içado e avisou à equipe de trabalho que o caminhão iria subir com toda a carga que estava nele. Então, mandou que os dois homens saíssem da cabine. Quando saíram, os dois brutamontes da tenda se aproximaram de armas na mão.

— Vocês vão ser revistados — avisou Jack B. — Virem-se. Você, ponha as mãos na capota, e você, na lateral do caminhão.

Os dois fizeram o que lhes mandaram. O pai olhou para o filho, para o bolso onde ficava o caderninho.

Rawbone teve a cabeça encostada na lateral do caminhão por uma mão calejada e recebeu ordens para olhar para a frente. Seus bolsos foram revistados e tiraram uma carteira. Não tinha nada nela, a não ser dinheiro. A carteira de John Lourdes não tinha dinheiro, mas tinha uma foto da mãe e a cruz com o raio partido. O pai ficou tentando ver alguma coisa de soslaio, virando a cabeça um pouquinho. Ele viu um raio de sol brilhar no crucifixo, mas nenhum significado foi registrado. Não era aí que estava a sua ruína — pelo menos, era isso o que ele pensava.

VINTE E DOIS

Ele suava enquanto o outro gorila revistava os bolsos do filho, revirando um de cada vez, até ficarem pendurados pelo avesso em plena luz do dia. Mas, no fim, não encontraram o diabo do caderninho.

— Agora vocês dois podem vir para cá.

O pai olhou para o filho enquanto colocava os bolsos para dentro das calças como quem não estava nem aí. Jogaram as carteiras e os objetos pessoais para os dois homens. Jack B pegou os cartões de segurança do bolso da camisa e deu um para cada. John Lourdes deu uma olhada no cartão. Rawbone não estava nem um pouco interessado e enfiou logo no bolso. O cartão que John Lourdes leu dizia o seguinte:

— O caminhão é responsabilidade sua. Você vai ficar no vagão com ele. Vai dormir dentro dele. A não ser e até que você receba uma ordem diferente.

Jack B gritava ordens para a equipe encarregada de içar o caminhão, quando Rawbone perguntou:

— Ei, Bandeira Americana, para onde essa tropa toda está indo?

— Que diferença isso faz para você?

Rawbone empurrou o chapéu para trás e se recostou casualmente no caminhão.

— Se eu soubesse, poderia escrever para a mamãe e dizer que tipo de roupa ela devia me mandar.

John Lourdes fez o melhor que pôde para fingir que não havia escutado. Jack B, por outro lado, disse:

— Isso aqui não é o Texas.

Afastou-se de Rawbone assobiando "I'm a Yankee Doodle Dandy". Então, o pai voltou a atenção para o filho:

— O seu caderninho...

O filho passou pelo pai, se abaixou e pôs a mão debaixo do fundo da cabine do caminhão. Quando se levantou, estava com o caderninho na mão. Ergueu-o e então o colocou no bolso. Ele o havia escondido antes de saírem de Juárez, como medida de precaução.

Rawbone se inclinou sobre o painel e gritou para um trabalhador qualquer, que carregava um monte de correntes, para prendê-las no chassi e içar o caminhão.

— Ei, amigo, para onde vai essa turma toda?

O homem passou a mão enluvada pelo queixo muito barbado.

— Você está aqui e não sabe?

— Eu estou aqui e não sei e isso me transforma em um idiota muito grande, não é mesmo?

— A gente vai para a Zona, irmão. É para lá que a gente vai.

— Ah, sim. Obrigado, amigo. E, por favor, faça a gentileza de não comentar com ninguém que você acabou de falar com um desmiolado.

— Vai ficar só entre nós, irmão.

O pai cuspiu. Os dois ficaram em silêncio. Eles sabiam o que significava a Zona: a região do petróleo. A costa do Golfo do México, que vai de Tampico a Tuxpan.

Nos mapas e nos jornais, era chamada de Linha Dourada. Mas, se você tivesse ido lá e visto com os seus próprios olhos, saberia muito bem que tudo o que havia ali era uma quantidade inacreditável de fogo e destruição, chuva negra e terra envenenada. O pai conhecia aquele lugar; já tinha passado uma temporada nas ruas, nos bares e nos campos de petróleo de Tampico, Puerto Lobos e Cerro Azul e, velho de guerra que era, não queria ter mais nada a ver com aquilo.

— Próxima parada, 1.500 quilômetros — falou.

— É.

— Um pedaço de carne preta.

John Lourdes enxugou um bocado de suor que insistia em escorrer de sua testa.

— Sr. Lourdes...

— A gente vai em frente.

— Ir em frente não significa que a gente vá chegar lá.

— Vamos chegar, sim.

— Dê uma olhada em você mesmo.

O filho voltou a limpar o suor.

— Você parece uma pilha de sal sob o sol do meio-dia. — Apontou para o chapéu, às costas do rapaz. — O senhor está sangrando, Sr. Lourdes.

O filho esfregou o rosto. Deu uma olhada em volta. Andou até o último vagão de passageiros e subiu os degraus devagar. Olhou pela janelinha da porta. Rawbone se virou, apoiado sobre o cotovelo. O sol que batia na janela ajudou a explicar a situação. O rosto do jovem estava sem cor e as bochechas mais pareciam uma camada de gelo.

O olhar dele foi de si mesmo para o pai e, como na noite anterior, diante do carro funerário, quando os dois estavam lado a lado, não havia o menor sinal de reconhecimento por parte do pai de que alguns dos traços marcantes dos dois eram tão parecidos. Talvez a semelhança fosse muito discreta, ou alguma característica indefinível dentro do homem que havia em Rawbone fazia com que momentos de reconhecimento se tornassem impossíveis. O filho sorriu e o pai, de repente, deixou de se sentir à vontade.

— É verdade que eu estou sangrando. Mesmo assim, nós vamos em frente... Você não vai me usar contra mim.

— Por que eu deveria fazer uma coisa dessas, Sr. Lourdes, quando o senhor mesmo faz isso tão bem? Eu vou ficar sozinho aqui, ditando o ritmo.

Enquanto eles se levantavam discutindo, o pai viu uma pessoa sair da sombra de uma tenda.

— Sr. Lourdes, eu acho que o senhor chamou a atenção de alguém.

Com a cabeça, ele apontou para onde o filho deveria olhar. Lá estava Teresa, saindo da sombra da tenda. Ela estava com as outras mulheres e pôs a mão sobre os olhos para se proteger do sol e ter certeza de quem estava vendo.

Ele não entendia a presença dela naquele lugar, mais do que ela a dele. A moça ergueu a mão sugerindo dúvida, como quem pergunta "o que você está fazendo aqui?". Notando o perigo, ele logo se recompôs e desceu a escadinha do trem, sacando o lápis e o caderninho. Começou a escrever furiosamente. Aí, rasgou a folha do caderno e passou para ela.

Você não deve dizer nada sobre quem eu sou ou como você me conheceu. Isso é importante. Pode custar a minha vida se você fizer isso. Eu explico tudo mais tarde.

Rawbone ficou observando enquanto a garota lia o bilhete com os olhos arregalados e amedrontada. Ela queria fazer algumas perguntas, pois apontou o caderninho e o lápis, fazendo um gesto de quem queria escrever, mas John Lourdes fez que não e apontou para a expressão *mais tarde.*

Ele pegou a página que escrevera e rasgou-a, enquanto caminhava de volta para o trem. Subindo os degraus, jogou os pedaços de papel no ar. Ficou ali com Rawbone, enquanto Teresa era levada por outra mulher e voltava ao trabalho. John Lourdes estava realmente perplexo.

— Aquela não é a garota que você me contou...

— A própria.

— Aquela cujo pai você matou.

— Ela mesma.

— Bem, eu espero que ela lide tão bem com as notícias quanto ele lidou.

NO FINAL DAQUELA tarde, o enorme apito da Mastodon soou. Na beira do rio, os passarinhos levantaram voo dos galhos para o céu em grande agitação. O batalhão de brutamontes e cumpridores de ordens correu para os trilhos do trem. Eles subiam nos estribos dos compartimentos ou pulavam para dentro. O caminhão havia sido acorrentado e fixo no último vagão de carga.

John Lourdes se sentou com as costas apoiadas na cabine, olhando para o sol, torcendo para que ele amainasse os calafrios e a febre que estavam começando a tomar conta de seu corpo. Rawbone ficou ali perto, de braços cruzados, e viu o Dr. Stallings e seu comitê de funcionários da segurança fazerem uma pose para tirar a última foto antes de embarcarem. O fotógrafo mexicano estava animado e cheio de vida, enquanto posicionava os homens diante das rodas fumegantes daquele motor monstruoso. Então eles embarcaram e o fotógrafo correu até o primeiro vagão, esticou a mão e foi puxado para dentro, enquanto suas pernas chutavam o ar.

A caldeira se enchia de vapor, que entrava pelos cilindros através das válvulas. Os pistões recuaram e as rodas começaram a girar. Aquele conjunto de engrenagens de madeira e metal soltou um grunhido e estalou, o vapor subiu pelo exaustor e houve um longo e grave suspiro, seguido por outro e depois mais outro, enquanto o trem se lançava à frente. A viagem até o Golfo — e o que quer que os esperasse lá — havia começado.

VINTE E TRÊS

O LUGAR DE ONDE partiram desapareceu no calor como se fosse uma miragem. John Lourdes continuava sentado com as costas apoiadas no pneu dianteiro. Estava tentando anotar tudo o que tinha descoberto desde a funerária, mas a febre deixava suas mãos trêmulas e a visão embaçada. Ele olhou na direção do vagão de passageiros acoplado ao compartimento de carga, onde todas as mulheres viajavam juntas.

Uma vez ele viu Teresa na janela da porta, como se fosse um retrato solitário, o observando. Na luz que se esvaía, ela pôs a mão no vidro e com o dedo fez o desenho de uma cruz que emanava raios. Ele lembrou que ela tinha escrito isso no caderninho, naquela noite na igreja. Tirou o caderno do bolso, abriu na página e ergueu para ela ver.

Os ventos da noite chegaram com o crepúsculo. Os homens se encolheram nos casacos para se proteger da escuridão fria do deserto. O fotógrafo passava de vagão em vagão, distribuindo cartões e tentando negociar uma remuneração. John Lourdes assobiou e acenou de leve para o mexicano vir até onde ele estava.

Ele foi aos pulos, todo lépido e fagueiro. Não era muito mais velho que John Lourdes e falava num espanhol rápido e um inglês macarrônico enquanto exibia o seu cartão.

TUERTO

FOTOGRAFIA EXTRAORDINÁRIA

John Lourdes apontou para a cabine do caminhão.

— O cidadão que dorme aí em cima — Tuerto olhou para Rawbone — viu você tirar uma foto do Dr. Stallings e ficou se mordendo de inveja, porque não tem nada que ele gostaria mais na vida do que ter um fotógrafo o adulando enquanto tira uma foto dele. Eu até pago por isso.

O pai realmente estava dormindo, até Tuerto começar a enchê-lo de elogios sobre suas feições de *verdadero hombre*. Isso foi bastante inspirador e ele deixou que Rawbone manuseasse um pouco a câmera Kodak de bolso. Como parte de seu discurso de vendas, ele começou a demonstrar a forma de usá-la. Mostrou como abrir e explicou para que serviam as sanfonas de couro preto, além de demonstrar como funcionava o suporte de metal para exposições mais longas na horizontal.

Tuerto mostrou um maço de cartões-postais baratos.

— Essa é a mais nova moda — disse, em inglês. — Tire uma foto e a Kodak imprime num cartão-postal que custa um centavo. Pode mandar para qualquer lugar do mundo, para qualquer pessoa que você queira. Talvez a pessoa amada...?

Rawbone olhou para cada um, examinando-os como se fossem relíquias sagradas dos tempos de Cristo. Tuerto explicou como havia aprendido fotografia na Cidade do México e como queria ser um grande fotógrafo de cartões-postais.

— Tuerto significa "aquele que tem um olho só". — Ele passou o dedo pela lente única da parte preta e frontal da câmera. — Tuerto — repetiu. Havia adotado esse nome como uma espécie de pseudônimo, já que o seu nome completo era Manuelito Miguel Tejara Flores.

— Eu queria tirar umas fotos deste trem — disse John Lourdes. — Você poderia fazer isso?

— É claro.

— E das pessoas que estão aqui dentro?

— Claro.

— E você poderia mandar entregar em... quem sabe em El Paso. Eu poderia lhe dar o endereço.

— Claro.

— E se eu quiser comprar algumas cópias das fotos que você já tirou... Seria possível?

Tuerto achou que aquele era um pedido muito incomum.

— Ele é mesmo um cara muito incomum — atestou Rawbone.

— Acho que sim — respondeu Tuerto —, por um certo preço.

John Lourdes colocou a cabeça para trás e fechou os olhos. Sua cabeça começou a girar.

— Está contratado.

Tuerto cumprimentou os dois homens, entusiasmado. Rawbone então desceu da cabine e se agachou ao lado de John Lourdes.

— Você passou ele para trás.

O filho não abriu os olhos.

— Eu estou tentando juntar informações e possíveis provas que se refiram a essa investigação, de todas as maneiras possíveis. Para eu poder ir para casa. E você ganhar a sua imunidade.

— Foi por isso que você chamou ele aqui.

— Quem foi que me disse para não tirar os olhos das armas?

Rawbone continuou a olhar John Lourdes, que, sem abrir os olhos, moveu levemente a cabeça.

— Está tapando o pouco de luz que ainda resta — disse o filho.

O pai continuou onde estava, estalando com a língua o lado esquerdo, e depois o lado direito da boca. Finalmente, admitiu:

— Tem coisas que o senhor diz, Sr. Lourdes... como quando falou para aquele fotógrafo sobre eu ter ficado com inveja e querer que ele batesse minha foto. É como se o senhor me conhecesse a minha vida inteira.

O filho abriu os olhos.

— Ou a minha vida.

— Exatamente.

Ele fechou os olhos involuntariamente. O pai continuou a bloquear a luz e o filho se virou um pouco mais.

— Sr. Lourdes, tem alguma coisa que o senhor gostaria de fazer na vida, mais do que qualquer outra coisa?

— Eu já estou fazendo agora.

— Ah! Eu... Se tivesse a sua idade e pudesse começar tudo de novo, eu iria para o lugar onde fazem aqueles filmes de exibição. Eu ia me enturmar...

— Todo alegre e sorridente...

— Exatamente. É isso aí. E eu entraria nas fitas.

As pálpebras do filho balançaram, as pupilas agora mal podiam ser vistas. O rosto diante dele se juntou a uma paisagem desfocada onde o último raio de sol apagava tudo à sua frente e o barulho incessante das rodas do trem se transformou num rolo de filme passando pelos carretéis de um projetor. A imagem repentinamente febril se acelerou, com o pai nessa tenebrosa fita em preto e branco, aparecendo com a sua quase heroica indiferença à vida humana. Ele se inclinou para a frente, tremendo enormemente, e se agarrou ao casaco de Rawbone.

— Pense em como você seria capaz... de ensiná-los... a morrer direito.

John Lourdes sorriu e o pai olhou para ele confuso e o filho continuou sorrindo e tentou cantar, com a voz falhando.

— Você é um Yankee... Doodle... Dandy, um...

E desmaiou.

Rawbone puxou a cabeça do filho pelos cabelos.

— Sr. Lourdes — falou. E então: — Filho da puta — deixando o corpo cair na direção do pneu dianteiro e de lá para o chão. — Eu deveria chutar você desse caminhão.

Rawbone apareceu na porta do vagão de passageiros, batendo na janela. Defrontou-se com um amontoado de rostos iluminados pela luz de algumas velas, enquanto tentava explicar em espanhol que John Lourdes estava deitado lá atrás, querendo falar com uma garota surda chamada Teresa.

As mulheres simplesmente ficaram olhando aquele estranho de rosto duro e atento. Então ele tentou abrir a porta, mas ela tinha sido trancada e o homem praguejou contra suas malditas almas por não se moverem e exigiu que elas abrissem a porta ou ele a derrubaria a socos.

Teresa ficou olhando confusa dos fundos do vagão, até ver o caderninho de bolso que ela conhecia, pressionado contra o vidro. Ela foi até ele com cuidado e, quando Rawbone a viu saindo das sombras escuras, fez um sinal ao mesmo tempo que gritava para ela passar para o outro lado.

Enquanto ela lia a nota que o pai havia escrito, ele apontou John Lourdes desmaiado na beira do vagão, para onde Tuerto o havia arrastado. Uma senhora mais velha, parecida com uma coruja, assumiu a dianteira e mandou que Rawbone trouxesse o rapaz até ela.

Ele pulou de volta sobre a conexão entre os vagões e, ajudado por Tuerto, colocou John Lourdes em cima do ombro. Cambaleou como um bêbado pelo trem que balançava, aprumou-se e pulou por cima do engate. Um de seus pés perdeu o apoio e, se não fosse por um mar de braços o agarrando em meio aos gritos agudos das mulheres, os dois homens teriam ido parar debaixo do trem.

As poltronas do vagão haviam sido arrancadas. As mulheres prepararam cobertores e uma cama no chão, e Rawbone foi instruído a deitar o rapaz em cima de uma das dezenas de esteiras de palha imundas que Stallings tinha colocado a bordo. Ele então foi empurrado, pisado e enxotado por todo o compartimento, enquanto xingava aquelas merdas. Depois, elas fecharam a porta e tomaram conta do rapaz, deixando Rawbone do lado de fora. Colocando as mãos em concha sobre o vidro da janela e olhando pelo corredor em meio a vários vestidos e velas que se moviam, ele conseguiu ver de relance elas despirem John Lourdes, enquanto outras se sentavam em volta de uma mala de retalhos. A matriarca tirou pequenas compressas da mala e, pelo que ele pôde entender no meio daquela tagarelice toda, elas falavam sobre ervas e remédios caseiros. Então um pano foi esticado sobre a janela e tudo o que ele pôde ver foi um tecido preto.

Ele ficou sentado no banco do caminhão, fumando no escuro. Uma raiva angustiada tomava as suas entranhas, enquanto ele olhava o deserto que passava rapidamente, onde as montanhas se erguiam perto dos trilhos, quase claustrofobicamente, só para desaparecer na eternidade um segundo depois.

A pergunta não era se John Lourdes sobreviveria ou não. Por razões meramente egoístas, ele não queria que o rapaz morresse. Mas, se isso acontecesse, bem...

Ele olhou para trás, para o vagão de passageiros balançando e totalmente às escuras. Talvez fossem as mulheres com seus cabelos bem pretos e seus rostos de índio e sua mistura venenosa de força e delicadeza. Talvez fossem os cheiros que grudavam às roupas e ao cabelo. Limão e baunilha, o cheiro da fumaça de uma vela. Talvez fosse por causa da família que ele abandonara... Ele nunca devia ter voltado a El Paso por causa dela, pois foi por causa disso que o destino o havia trazido àquele lugar, àquela hora. Esses momentos e essa sensação, ele conhecia de outros tempos como se fossem uma prisão. Não daquelas em que se é o prisioneiro, mas do tipo em que se é a parede.

O facho de uma lanterna passou pelo rosto dele.

Rawbone olhou para cima. Jack B se aproximou, enquanto o Dr. Stallings continuou no fundo do vagão.

— Aquele rapaz que estava com você. Disseram que ele está muito doente.

Rawbone apontou com o cigarro. A luz passou pelo vagão de passageiros, mostrando a janela coberta pelo pano.

— Nós não contratamos gente capenga.

Rawbone não encarou Jack B. Em vez disso, se ocupou em olhar a ponta do cigarro aceso.

— Na próxima parada, a gente põe ele para fora.

Rawbone fumou, depois falou:

— Pode deixar.

A luz se aproximou de seu rosto, até ficar perto demais. Felizmente, ninguém falou nada e a confrontação só foi quebrada pelo apito do trem, nos trilhos lá na frente.

VINTE E QUATRO

VEIO UM SEGUNDO apito, mais longo, e os homens começaram a colocar a cabeça para fora das janelas, erguer os pescoços, ou ficar na beirada dos vagões, olhando a escuridão que era o destino da linha do trem. Até os rostos das mulheres nos vagões estavam colados nos vidros, que se cobriam com o vapor da respiração delas. O som do apito se perdeu no espaço e o que sobrou foi o barulho da locomotiva adentrando aquela paisagem vasta e densa.

Um guarda no tênder gritou para o Dr. Stallings e apontou numa direção com a espingarda. Bem longe, no silêncio da noite, apareceu uma pira de fogo — solitária e agitada pelo vento. Dr. Stallings mandou os homens prepararem as armas. Mandou que Rawbone ficasse de guarda no caminhão.

Foram mais 15 minutos rodando pelo deserto antes que chegassem a um depósito de água em chamas e à estação de junção da companhia de telégrafos mexicana. Cerca de meia dúzia de estruturas de madeira talhada se destacavam no escuro como gaiolas pegando fogo. A torre de água havia desabado e estava como uma ruína em brasas. O primeiro trem encontrava-se mais à frente de toda essa destruição. Os guardas do vagão de carvão formaram um cordão de isolamento. O segundo trem parou a pouca distância do incêndio. Stallings e seus homens partiram rapidamente em direção à cena. O homem que estava no comando do primeiro trem esperou nos trilhos para fazer seu relatório ao Dr. Stallings. Rawbone saltou de onde estava e se aproximou das fileiras o suficiente para ouvir o que era dito.

O incêndio não era nenhum acidente da natureza, nem o resultado idiota de um erro humano, já que por ali não havia nem pessoa nem animal, nenhum veículo e nenhum vagão. O homem que conversava com Stallings apontou uma cruz de cerca de 1 metro de altura, feita de tábuas de madeira, que havia sido fincada na terra ao lado dos trilhos. Um folheto impresso havia sido pregado nela. Era uma cópia de um decreto do presidente eleito Madero, enviado do exílio — a revolução tinha oficialmente começado.

Bandeira Americana leu o folheto que Stallings lhe passou e, quando terminou, bateu no papel com as costas da mão e disse:

— Nós conseguimos a nossa guerra, comandante.

O homem responsável pelo primeiro trem foi até lá e tirou a cruz do chão. Estava voltando em direção ao Dr. Stallings, e quebrava a cruz quando sobreveio uma rajada de balas. Três tiros, talvez quatro. Jatos de sangue e de tecido queimado pularam de seu corpo e ele caiu de costas nos trilhos ainda segurando o crucifixo. Lá permaneceu, morto.

Começou o tiroteio. Os disparos ecoaram na ladeira escura. Jack B liderou um grupo de guardas para atacar, sob o comando de Stallings.

Os tiros irromperam por toda a linha de fogo. Mais um homem foi atingido e caiu de cara na areia. Do vagão de passageiros, as mulheres gritavam. Rawbone gritou para que elas se calassem e se ajoelhou sobre uma perna, com o rifle em posição.

Ele podia ouvir os relinchos dos cavalos enquanto meia dúzia de cavaleiros esporeavam as montarias e partiam na direção dos galpões incendiados, que balançavam em chamas ao vento. As sombras se tornavam imensas e marcadas contra o fogo. Uma hora estavam lá; na outra, não estavam mais.

Campesinos — o povo.

Agora eles estavam no meio de uma guerra. Um tiroteio. A gratificação das causas políticas, pensou Rawbone. O assassino comum dentro dele desdenhava esse tipo de coisa.

Stallings passou por ele, conferindo o pelotão, e falou:

— Você tinha razão numa coisa.

— Só uma? — perguntou Rawbone.

— As vítimas.

Quando ficou sozinho, Rawbone amaldiçoou sua sorte.

O BARULHO DOS rifles o acordou. Por uma fraca neblina, John Lourdes viu cinzas e chamas passando pelas janelas como um exército de estrelas carregado pelo vento. Pensou que tinha voltado ao platô dos montes Huecos, até que ouviu os homens gritarem lá fora e o trem começar a se mover.

Sua visão já tinha clareado o suficiente para ver as mulheres à sua volta em silêncio. A mão de alguém pousou em seu ombro, ele levantou os olhos e a garota Teresa estava sentada no chão a seu lado, recostada na parede. Na outra mão, ela trazia o lápis e o caderno.

Ele perguntou em espanhol, a ninguém em especial:

— Como foi que eu vim parar aqui?

A senhora mais velha respondeu e ele ergueu levemente a cabeça. Ela também estava sentada ali perto, observando uma lata d'água com alça de couro ser aquecida em cima de um conjunto de velas, no fundo de um pote de barro.

Soube-se então que ela era uma curandeira chamada irmã Alicia. Estava preparando chás de pimenta-de-caiena e unha-de-gato peruana. Ele bebeu esses chás e mais tarde, sob os olhos atentos das mulheres, dormiu.

Pela manhã, os trens entraram nas oficinas de Chihuahua. A neblina cobria a cidade. Ela se prendia à terra e os trens faziam suas manobras lentamente, de desvio em desvio, através do cinza e do breu de outro mundo que flutuava sobre as rodas.

No muro de um armazém de tijolos de três andares, alguém havia pintado um retângulo imenso e deformado com a palavra *MALO*. Na ponta de um dos vagões, urinando naquelas trevas nebulosas, Rawbone notou, enquanto puxava as calças, Stallings em cima do último vagão de passageiros fazendo o reconhecimento do terreno. Os dois homens olhavam o aviso. Rawbone apontou com o chapéu. Gritou:

— Sem chances disso acontecer!

Ele tinha certeza absoluta de que Stallings sabia falar espanhol e sabia que a palavra "malo" significava "mal".

O trem passou pela oficina e pelos galpões de ferramentas, quando ouviu-se o som alto de gritos e tiros. Vultos começaram a aparecer do meio do nada. Eram campesinos crentes que Deus iluminaria suas vidas com uma graça sobrenatural, mesmo que essa graça tivesse que se manifestar através de uma carnificina.

Eles estavam por toda a parte na neblina. Rawbone podia vê-los na oficina, hordas em cima dos vagões e se agarrando às chaminés pretas e silenciosas das locomotivas. Eles gritavam para os homens no trem e para as mulheres nos vagões de passageiros, possuídos que estavam pela emoção furiosa das oportunidades.

Um dos campesinos correu até o vagão onde estava o caminhão e gritou que *la revolución* havia começado e Rawbone lhe respondeu com uma gloriosa indiferença, sorrindo:

— É verdade, meu amigo, você tem um grande futuro... no passado.

Uma mulher gritou para Rawbone da ponta do vagão de passageiros. Aparentemente, o rapaz estava pedindo para falar com ele.

John Lourdes estava pálido e sentia dores, mas os tremores haviam diminuído e sua mente estava equilibrada.

— Percebo que essas bruxas ainda não o mataram.

— Na noite passada — perguntou ele —, o que aconteceu?

O pai se agachou. Por toda a sua volta, as mulheres o olhavam.

— Foi a guerra, Sr. Lourdes. Foi isso o que aconteceu. Nós estamos no meio de um país que está descendo a ladeira de vez.

A irmã Alicia estava preparando mais uma poção de ervas medicinais. Cutucou Rawbone e pediu que ele passasse a caneca ao rapaz. O pai a pegou alegremente e passou o nariz por cima dela. O cheiro parecia tocar num nervo, de tão tangíveis que eram as lembranças que ele trazia. Ficou dividido naquele momento, depois afastou a caneca do rosto.

— Você acertou a mágica direitinho, hein, sua bruxa dos diabos? — Tomou um gole. — Esse é o cheiro da minha juventude.

Passou a caneca a John Lourdes, que bebeu conforme ordenado.

— Parece que o nosso patrão tem segundas intenções. Foi o que eu ouvi o Sr. Bandeira Americana dizer. É claro que eu estou passando essa informação a você de acordo com a nossa função aqui.

O filho pensou um pouco.

— Mas quem é o nosso patrão? Hecht? Você acha? Eu, não.

— Eu vejo o que o senhor quer dizer, Sr. Lourdes.

O pai se levantou.

— Escutem aqui, suas bruxas. Cuidem bem do nosso jovem mestre. Ele é um *verdadero hombre*. — Rawbone pôs as mãos entre as pernas. — *Mucho caliente.*

Algumas mulheres riram e outras viraram a cara, com nojo.

— Ele também é um alpinista, caso vocês não saibam. Quer se consagrar. Acha que pode levar o peso do mundo nas costas. — Olhou Teresa, que o mirava fixamente. — Você vai ter uma surpresa.

Quando ele já ia sair, o filhou o chamou. Queria dizer alguma coisa, mas hesitou. Baixou a caneca e afastou os cabelos do rosto esgotado.

— Por ter me trazido até aqui... muito obrigado.

Vê-lo sentir tanto desconforto em ter que dizer isso deu a Rawbone um prazer inenarrável. Entretanto, em seu mais absoluto desespero, John Lourdes parecia totalmente sincero.

VINTE E CINCO

AGORA ELES ESTAVAM em estado de guerra e com isso os guardas ficavam postados em cima dos vagões. Num país que tinha deixado de ser composto por cânions exuberantes e terras férteis e se tornado um monte de rochas vulcânicas, ossudas e fumegantes, só havia aquela ilha formada por um minúsculo trem, numa paisagem marcada pela eternidade. Com a chegada da noite, eles entraram nas Sierras, com seus picos longínquos e silenciosos se erguendo em direção de uma casca de lua. O rio de sangue de John Lourdes havia sido represado e suas reservas de força começavam a se recompor.

Ele perguntara à garota Teresa como é que ela acabara naquele trem. Ela escreveu que, depois de voltar da Imigração, seu pai ficou cada vez mais aflito e desconfiado por ela ter sido detida na rua. Até o fato de ela ter sido levada para casa pelas freiras, conforme planejado, não ajudou a diminuir suas suspeitas, por isso ele fez que ela fosse mandada aos campos de petróleo, para trabalhar com essas outras mulheres. Ele a levara até o armazém e depois partira com um grupo de homens para o Texas. Teresa esperava pela volta dele, mas agora achava que algo poderia ter-lhe acontecido.

John Lourdes considerou lhe contar a verdade. Ele praticamente tinha forçado esse momento, com sua primeira pergunta. Pediu que ela fosse encontrá-lo nos degraus de trás do vagão e ela o atendeu. As montanhas, que pareciam torres de igreja à sua volta, eram cobertas de pinheiros. Podiam ser um rapaz e uma moça quaisquer, enquanto olhavam para a majestade azul daquela noite. Ele acendeu um cigarro e queria que a situação fosse aquela, mas não era.

Sua primeira disposição foi mentir, ficando em silêncio. Porque ele queria que a garota continuasse a pensar bem dele, continuasse acessível a ele e ficar em silêncio nutria sua tendência natural à falta de paixão.

Mas a febre, a exaustão e a dor diminuíam suas defesas. Enquanto ele estivera em repouso no vagão, cuidado por todas aquelas mulheres, uma ação ou a maneira como falavam ou como alguém ria ou rezava, tudo isso passou a ser fragmentos da mulher que um dia fora sua mãe. E, quanto mais próximo ele sentia estar da mãe, mais sua presença tomava conta dele, mais atento ele ficava em relação à musculatura ameaçadora do pai que ainda vivia dentro dele.

O cara no vagão com o caminhão, com seu chapéu e sua Savage 32, era o mesmo que tinha lhe perguntado há muitos anos, no mercado de Juárez: "Quer saber como é que as pessoas são? Para elas nunca poderem enganar, nem trapacear você? Seja indiferente com todo mundo... e aí você vai saber."

A falta de paixão não seria um disfarce natural para a indiferença, o tipo de indiferença que o pai havia lhe ensinado? Deitado naquele trem, ele se perguntara muitas e muitas vezes: da mesma maneira como havia fragmentos da mãe naquelas mulheres, não haveria fragmentos do pai em si mesmo? Será que ele fora envenenado com a mesma eficiência como aconteceu com aqueles guardas da alfândega na estação da balsa, de uma forma que nem ele mesmo percebera?

Foi isso o que o levou a contar a verdade à garota, e assim ele escreveu: *Seu pai foi morto nos montes Huecos, onde ele tentou matar dois homens.*

Ela leu e seus olhos piscaram. Ela foi absorvendo a notícia aos poucos e dolorosamente. Ver a tristeza numa retidão tão bem composta... Ela olhou para os próprios braços cruzados. Seus cabelos longos caíam sobre o rosto. Sua beleza estava em sua simples humanidade. Ficou olhando a noite por muito tempo. Sua melancolia pousava em algum lugar das altas montanhas, casa dos lobos e porta do céu.

Ela então o olhou com apreensão e uma sensação ruim pelo que estava por vir. John Lourdes achou que aquele olhar iria durar para sempre, e assim pegou o lápis para escrever. Enquanto começava a contar o que havia feito, ela pôs a mão sobre a dele e o interrompeu. Seu gesto e o olhar falavam por si sós, pois com isso ela se levantou e voltou para o vagão, e ele foi abandonado sozinho na noite.

— SABE QUANTO vale um barril de petróleo hoje? Tem alguma ideia? Uns 50 centavos. Você faz alguma ideia do que uma guerra vai fazer com esse preço?

Jack B dominava a cena ao lado do caminhão com um punhado de delinquentes de carteirinha e trabalhadores sem qualificação, enquanto Rawbone ficava sentado atrás do volante e fora do sol. Com as pernas esticadas sobre o painel e os braços cruzados, ele deixou o Sr. Bandeira Americana fazer seu discurso, para ver que informações poderia tirar dali e repassar a John Lourdes.

— O Dr. Stallings disse que possivelmente veremos os preços chegarem até um dólar, um dólar e meio por barril em 1911. É nas ações das companhias petrolíferas que ele investe seu dinheiro. Standard... American Eagle... Waters-Price. É para lá que vai o dinheiro e vem tudo daqui. — Ele bateu na carteira escondida no bolso traseiro das calças.

"México. Se vocês quiserem saber como é que vai ser o futuro, não precisam olhar mais do que para cá. Se quiserem uma maquete de como o mundo vai funcionar, basta olhar para cá. É isso o que o Dr. Stallings me disse. E..."

— Só olhar para cá? Agora? — perguntou Rawbone. Ele se inclinou para fora do banco, protegeu os olhos com a mão e olhou para a paisagem de contornos desérticos e brutais que passava e parecia não ter fim. — Então quer dizer que isso aqui é o futuro? Pois para mim, se você perguntar, se parece muito com o inferno.

Isso disparou alguns risos e Jack B respondeu:

— Você não vai morrer só ignorante. Vai morrer duro.

Rawbone voltou a se sentar no interior da cabine e começou a cantar com a voz falha e rascante:

— *Take me out to the Ball game, take me out to the park...*

Conseguiu até que alguns dos guardas grosseiros se juntassem a ele, o que serviu para pisar ainda mais em cima de Jack B.

— *Let me root, root, root for the home team, if they don't win it's a shame...*[*]

Ele aceitou a zombaria com um olhar tenso, depois, olhando além de Rawbone, falou:

— Muito bem...

Aparentemente, John Lourdes tinha entrado silenciosamente pelo lado do passageiro e agora estava ao lado da cabine.

— Como foram as férias? — perguntou Jack B.

O filho olhou o pai.

— Reveladoras.

— Eu não sei se você ouviu, mas o Jack B aqui estava nos ensinando como vai ser o futuro. É claro que eu sei o que o senhor pensa que vai ser o futuro, Sr. Lourdes. Ele não existe. Só existimos o senhor e eu... e o American Parthenon aqui.

— Eu ouvi o que Jack falou — disse John Lourdes. Vasculhou a bolsa que estava no chão da cabine e de lá tirou um maço de cigarros meio amassado. Acendeu um e exalou a fumaça pelo nariz, em linhas finas e retas. — Acho que faz muito sentido.

Jack B voltou a atenção para Rawbone.

— Pelo menos esse aí não vai morrer ignorante, nem pobre.

— O que é que os patrões dele pensam? — perguntou John Lourdes.

— Patrões?

— Alguém preparou toda essa tropa — disse Rawbone.

---

*Trecho da música "Take Me Out To The Ball Game", que se tornou um hino não oficial do beisebol americano. Em português: "Me leve até o campo, até o campo de beisebol.../ Deixe eu torcer, torcer, torcer para o meu time; se eles não ganharem, vai ser uma vergonha..." (*N. do E.*)

— O Dr. Stallings. Ele é que ficou encarregado.

— Mas alguém teve que assinar o cheque de todo mundo — comentou John Lourdes.

— Dizem que ele tem investidores.

— Ah — disse o filho, olhando para o pai. — Investidores.

— E qual foi o discurso de vendas dele? — perguntou o pai. Ele então acenou com grande prazer para o grupo em volta do caminhão. — Um beco escuro e um revólver carregado?

— Você vai morrer pobre e ignorante — voltou a vaticinar Jack B, quando foi embora.

— Mas não vai ser já.

Não demorou muito para que aquelas pessoas se dividissem em grupos menores, com seus esquemas particulares, deixando pai e filho sozinhos.

— Muito bem, Sr. Lourdes. O que o senhor ouviu?

— A versão de uma outra pessoa para a aplicação prática de uma estratégia.

— É. Você sabe o que eu ouvi. Cuba... Manila... Eu vivi isso. E o nome é intervenção militar. São aqueles filhos da puta do prédio da alfândega. É por isso que tem todos aqueles Yankee Doodles em Fort Bliss. Isso é tudo um embuste, Sr. Lourdes.

Silenciosamente, o filho tomou o pé da situação, refletiu um pouco e concordou. Continuou a pensar e, umas duas vezes, o pai o pegou olhando o vagão de passageiros.

— Você contou a ela?

Quando ele saíra de lá, ela estava sentada no chão do vagão, imersa numa profunda tristeza e não queria, nem iria, olhar para ele. Lourdes foi até a irmã Alicia para agradecer.

Chamou-a de *abuelita*, que significava "avozinha", e lhe disse que estaria sempre à disposição, se algum dia ela precisasse.

— Contei.

— Sr. Lourdes, em questões como essa, é melhor ficar... indiferente.

No dia seguinte, eles chegaram onde estava o primeiro trem, estacionado ao sol do meio-dia nos montes de areia. Três campesinos eram mantidos pelos guardas sob a mira de revólveres. Dois eram rapazes, e o terceiro, ainda um menino. Stallings e seus oficiais de comando saíram do trem e foram informados de que os três foram pegos tentando sabotar os trilhos. Os capturados, é claro, juraram inocência.

Nos trilhos do segundo trem, alguns guardas saíram dos vagões e outros subiram na parte de cima para ver. Até as mulheres ficaram no sol com as cabeças cobertas e protegendo os olhos, para observar. Rawbone foi o único que não demonstrou interesse e continuou na cabine do caminhão, com as pernas em cima do painel.

Depois de muitas acusações e muitas negativas, Stallings emitiu uma série de ordens rápidas. Os três foram levados a uma árvore escura e desfolhada, cercada por ocotillos que ficavam numa ladeira a cerca de 50 metros dos trilhos. Trouxeram uma corda e Jack B a lançou por cima do que parecia ser o galho mais forte da árvore, mesmo que ele estivesse parcialmente quebrado. Stallings chamou Tuerto.

— Você quer fotos...?

Ele, é claro, assentiu.

— Então, você vai ter as suas fotos.

John Lourdes ficou observando do canto da frente do vagão onde estava o caminhão e, de vez em quando, lançava um olhar às mulheres. A única que não tinha ido ver era Teresa.

Stallings voltou a subir a ladeira, acompanhado pelo fotógrafo. John Lourdes observou como ele lidava com aquela situação com uma clareza mecânica. Andava com as mãos atrás das costas, de modo calmo e analítico, sem jamais erguer a voz. John Lourdes ficou surpreso ao pensar o quanto a metodologia do médico era parecida com a do juiz Knox.

Os dois campesinos mais velhos receberam ordens para se ajoelhar e, quando eles se recusaram, o Dr. Stallings fez um sinal. Jack B se postou rapidamente atrás dos dois e um único halo de pólvora explodiu em volta de suas cabeças na hora em que uma bala penetrou em cada cérebro. Os dois ficaram caídos como se tivessem tentado fugir rastejando, e a areia quente estalou no lugar por onde o sangue correu e depois formou uma poça.

As mulheres ficaram horrorizadas e se abraçaram, enquanto algumas viraram a cabeça, com nojo. Mas isso não foi o fim, nem o pior.

O menino correra até onde estavam caídos os seus compadres, mas foi agarrado pelos guardas. Então vieram as ordens de levá-lo até a árvore. Ele lutou contra a corda que envolvia o seu pescoço como um louco, mas a força bruta foi demais e eles o envolveram e o levantaram antes que ele pudesse sequer soltar um grito.

Os homens recuaram, enquanto o menino se revirava e se debatia com os pés. Como as mãos dele não estavam amarradas, ele agarrou a corda acima da cabeça e tentou se erguer para evitar o enforcamento, enquanto as pernas chutavam tentando alcançar o tronco ou um galho e de alguma maneira se livrar daquela morte horrível. Seus sapatos não eram nada mais do que pedaços de pneu cortados e amarrados em volta dos pés e dos tornozelos, e eles raspavam nas cascas apodrecidas da árvore, num desespero sem fim.

Era uma cena louca, digna da Inquisição, com os guardas iguais a estátuas numa planície de sal e o fotógrafo Tuerto capturando as imagens daquele pesadelo de uma alma torturada. As mulheres agora não paravam de chorar e imploravam para soltarem o menino ou lhe permitirem uma morte rápida. Foi a mais velha, a irmã Alicia, quem tomou a frente e subiu a ladeira num vestido igual ao hábito de uma freira, em passadas lentas e falhas, exigindo que baixassem o garoto, ou terminassem logo com o sofrimento dele.

A subida para a velha senhora era difícil e logo apareceu um vulto correndo pela areia atrás dela. Era a garota Teresa, que veio e segurou o braço da irmã Alicia. Em seu rosto, John Lourdes viu a mesma vigilância calada e intensa que ele notara no primeiro dia, no galpão de fumigação.

A irmã Alicia e a garota foram recebidas por uma muralha de homens espadaúdos e enormes, com os olhos frios e áridos. Aquela bruxa velha quis passar à força entre eles, e, embora a sua carne de papel e seus ossos frágeis não a ajudassem, isso não impediu seu ímpeto de pôr fim àquele sofrimento. Olhando aquilo tudo, John Lourdes decidiu que já tinha visto o bastante.

Ele subiu no vagão onde estava o caminhão e, ao fazer isso, lá na frente, pontos pretos podiam ser vistos acima da corrente de ar quente. Mas no momento ele estava decidido a realizar um objetivo.

Entrou na cabine do caminhão e pegou o rifle. O pai se empertigou.

— O que o senhor está fazendo, Sr. Lourdes?

Ele colocou uma bala na agulha.

— Não faça isso, Sr. Lourdes.

Ele se virou e mirou. O sol queimava os seus olhos, mas ele estava acostumado à calma que os homens precisam ter para atingir um alvo.

Rawbone prometeu que ele iria se danar, se puxasse o gatilho.

John Lourdes ouviu, John Lourdes mirou e John Lourdes atirou.

VINTE E SEIS

O SOFRIMENTO ACABOU.

Foi a primeira vez que os homens em volta da árvore reagiram. Olharam para baixo, para onde estava John Lourdes, como se fossem um júri solene. Ele deu as costas para eles. Lá longe, nos montes nus e rachados, eles continuavam no céu, planando e ainda desconhecidos: os urubus.

— Eles vão fazer o senhor pagar por isso, Sr. Lourdes.

John Lourdes pegou o estojo do rifle na cabine do caminhão.

— Eu me lembro de um momento, lá nos montes Huecos, onde o senhor nem conseguia...

— Se torcessem você, não sairia nem uma gota de solidariedade!

— A estrada muda todo mundo — disse o pai, de uma maneira que fez o filho querer enfiar o rifle na cara dele.

— Até você.

Os olhos do pai se atiçaram.

— É uma pena eles não o terem enforcado — disse o filho.

— Talvez você seja atendido. — Rawbone fez sinal para John Lourdes olhar em volta.

Jack B tinha chegado ao vagão antes de Stallings e dos outros, que estavam descendo a ladeira na direção deles. Ele exigiu que Lourdes descesse e o confrontasse.

John Lourdes não lhe deu atenção e em vez disso ficou olhando a curandeira e a garota voltarem lentamente. A irmã Alicia fez sinal de obrigado com a cabeça e então ela e as outras voltaram para o vagão de passageiros.

Só aí ele se voltou para Jack B, que ainda o ameaçava. A essa altura, Stallings estava alguns metros atrás dele e John Lourdes falou:

— Dr. Stallings, antes de eu descer e dar um coice nesse filho da puta, é melhor olhar o sudeste.

Quando olhou aqueles montes de pedra e forçou o olhar, ele entendeu. Sem perder tempo, Stallings mandou que trouxessem um mapa, uma pistola e sinalizadores e que dois cavalos fossem tirados do vagão de carga, selados e aprontados em cinco minutos. Depois, mandou que os homens tomassem suas posições. Jack B continuava olhando John Lourdes e perguntando:

— Você já disse o que tinha a dizer. E agora? Vai descer?

Stallings pegou o oficial pelo braço e mandou que ele preparasse o trem. Fez valer seu comando, sem deixar qualquer dúvida. Por mais que Jack B se exibisse como uma espécie de bárbaro, ele obedeceu sem discussão, nem rancor. Atendeu ao Dr. Stallings, não por causa do peso e do privilégio de seu posto, mas por causa do poder que vem da busca incansável da impunidade.

John Lourdes e Rawbone receberam ordens para sair do trem. Depois que os dois obedeceram, Stallings se dirigiu primeiro a John Lourdes.

— Explique o que você fez.

— Se você pretende matar alguém, deve fazer isso de primeira.

John Lourdes se viu diante de um olhar implacável.

— Ótimo conselho... que um dia pode muito bem ser usado contra você.

— Entendido — disse o jovem.

A atenção se voltou para Rawbone.

— Você tapeou o Hecht. E não conseguiu esse caminhão do jeito que disse que conseguiu.

— Esse é o seu lado burocrata falando.

— Você é do tipo que mente, mesmo quando a verdade soa melhor.

— E agora é o lado professor?

— Eu não o estou contestando. É verdade, o caminhão está aqui. E também é verdade que houve vítimas. E ainda vai haver mais.

Ele apontou os dois cavalos a poucos metros de distância e quase selados.

— Está vendo aqueles dois cavalos?

O mapa foi trazido até ele, assim como a pistola e os sinalizadores. Ele os colocou no vagão com o caminhão. Ficou de pé, bem próximo a Rawbone, que se recostou no vagão.

— Eu dei aula, como você deve saber, em algumas das melhores universidades dos Estados Unidos. Dar aula é o que eu chamaria de um passatempo sem desafios. Afinal de contas, nada de realmente crítico acontece numa sala de aula. O ambiente não tem grandeza e, o que é mais importante, nenhum objetivo.

Ele esticou o braço e tirou a pistola Savage do cinto de Rawbone. Olhou a arma com cuidado, manuseando-a com o interesse de um professor.

— Existe um livro de onde você parece ter saído. É sobre um assassinato. Tem a figura do diabo e a figura do Grande Inquisidor. E tem uma ideia que fica se repetindo no livro inteiro. Uma ideia que você apreciaria tanto quanto eu. "Tudo é permitido."

Stallings recolocou a arma no cinto de Rawbone.

Rawbone então esticou a mão e espanou alguns grãos de areia do ombro do terno cinza do comandante.

— Essa história não lembra muito Horatio Alger, lembra?

Os cavalos foram trazidos. Stallings passou a pistola e os sinalizadores a John Lourdes.

— Vocês dois hoje fazem valer seu pagamento — disse ele, esticando o mapa no chão do vagão.

O PAI E O filho saíram do trem com o sol batendo forte em seus ombros, observados pelo comandante e pelo pelotão de guardas. Até a garota Teresa foi seguindo, de janela em janela, a lenta subida das montarias pela face erodida do morro.

Pelo mapa parecia que os urubus marcavam uma guarnição militar, erguida de maneira a proteger uma junção onde as linhas se afastavam em dois trilhos paralelos, ambas correndo na direção de Tampico e dos campos de petróleo.

— O doutor sabe como dar um aviso — comentou o filho.

— Você achou que aquele discurso foi um aviso? Eu esperava que fosse um elogio, ou pelo menos um insulto.

— De qualquer maneira, ele não tinha autoridade para fazer o que fez. Ele até pediu para tirar fotos, caramba.

— Quem fez El Presidente construir todos esses trilhos? Quem financiou? Os americanos e os ingleses. Eles são donos dos trilhos, tanto quanto são donos dos campos de petróleo. É isso o que dá autoridade a eles. E o mexicano, tudo o que ele tem é a porra dessa areia.

Eles ouviram o resfolegar pesado de um animal e o tilintar do metal das rédeas e viram Tuerto incitando uma mula a andar mais rápido e alcançá-los.

— Para onde você está indo? — perguntou John Lourdes.

Tuerto apontou os urubus.

— Com a autoridade de quem?

Ele ergueu a câmera.

— Mais um gênio do cacete — disse o pai.

Em meio a um vento forte e seco, a mula seguiu os passos dos cavalos. Rawbone falou para o mundo à sua volta:

— Três homens sábios montados rumo a Belém.

A guarnição era um quadrilátero de edifícios de alvenaria, ligados por uma paliçada de toras pontudas, onde se postava um exército de urubus curvados e de aspecto entorpecido. Um portão mal amarrado encontrava-se ligeiramente aberto. Eles desmontaram e John Lourdes disparou a pistola de sinalização para o céu. Os abutres saíram voando e ficaram alguns momentos planando no ar morto e então desceram para o teto da guarnição.

Os homens seguiram em frente. Rawbone empurrou o portão com o rifle e diante deles se abriu um pequeno anfiteatro da morte. Eles cobriram o nariz e a boca com as bandanas e entraram no complexo. Havia moscas por toda a parte. E o cheiro... Uma dúzia de soldados inchando ao sol. Os prédios haviam sido saqueados e as posses pessoais, espalhadas pela área.

John Lourdes viu uma escada que levava a uma torre de sentinela no teto. Ele pegou o binóculo que estava no pescoço e, enquanto subia, os urubus se retiravam das vigas, com os movimentos semelhantes aos de um velho bêbado. Debaixo de um puxado, o pai viu uma mesa onde estava uma vitrola. Olhou para a pilha de discos ali ao lado. Em um estava escrito *Acalanto de Brahms*. Ele colocou o disco no prato e ligou a vitrola. Uma versão espanhola começou a tocar.

A música se espalhou pelo *pueblo* empoeirado e pelo resto do deserto. John Lourdes estudava o terreno e a linha dos trilhos. Afastou o binóculo dos olhos e olhou o cercado lá embaixo. Tuerto andava no meio dos mortos tirando fotos. E o pai... tinha encontrado uma cadeira e estava sentado na sombra, ao lado da vitrola, com a bandana protegendo o nariz e a boca, o rifle no colo e aquela angustiante canção de ninar — ele podia ser perfeitamente o senhor de alguma *damnata* de Brueghel.

Foi a partir disso aí, pensou o filho, que eu nasci. Seria possível que fosse esse homem quem tocara o coração de sua mãe num bonde, no meio de uma chuva no Texas? Poderia aquele homem, mesmo que por alguns momentos, transmitir amor? John Lourdes se perguntou: se Deus realmente colocara uma alma dentro de todos os seres humanos, seria possível que a alma fosse capaz de se consumir tão completamente, de modo que ela não existisse mais e tudo o que restasse fosse uma casca vivente tão terrível como aquele cercado em que eles estavam?

No entanto, ele não estava tão distraído quanto pensara que estaria, olhando toda aquela cena de destruição. Será que isso significava que, de alguma maneira, a sua própria alma estava se consumindo, a ponto de se transformar numa cinza inútil que ficaria batendo em seu peito por onde quer que ele andasse sobre a terra? Ou seria isso uma espécie de rito de passagem em sua vida, que o pai estivera preparando? As palavras do pai se enroscavam dentro dele como garras cruéis e ocupadas: "Esse país está cobrando o seu preço, Sr. Lourdes... A estrada muda todo mundo."

E então, de trás da bandana, veio a voz rascante:

— Eu estou vendo, Sr. Lourdes. Olhando para mim aqui embaixo.

— Então é melhor vir aqui para cima — disse o filho.

John Lourdes estava sentado na parede do telhado escrevendo em seu caderninho e, quando o pai foi se juntar a ele, os urubus voltaram a voar e a se afastar. O filho apontou o lápis para o binóculo em cima do parapeito.

— Me diga o que você vê.

O pai pegou o binóculo e deu uma geral na pradaria deserta. A terra tremia sob o calor, mas não havia nada, a não ser o trilho que se dividia em duas linhas, que parecia quase ter queimado na terra.

— Não vejo absolutamente nada demais.

John Lourdes terminou de escrever. Gritou para Tuerto. Arrancou uma página do caderno e se levantou.

— Pois um dos trilhos foi sabotado.

A cabeça do pai recuou e o filho o virou. Ficou de pé, atrás dele, com o braço encostado em seu ombro. Estava tão próximo agora quanto o pai estivera do filho nos montes Huecos, só que agora era a arma no ombro do filho que se projetava.

— De binóculo... a uns 50 metros do desvio, à esquerda. Na areia, longe dos trilhos. Você vai ver.

E ele viu. Algo parecia estar em relevo na areia. Um grande pedaço de ferro. O mais disfarçado possível.

— Que diabo é aquilo?

— É uma tala de junção. É o que se usa para juntar os trilhos. Você pode perceber que ela foi retirada de um dos trilhos. E a mesma coisa foi feita no outro lado do trilho e você pode ver que... os parafusos não estão lá. Aqueles trilhos estão completamente soltos, à espera de um trem.

VINTE E SETE

TUERTO CONCORDOU EM levar o bilhete de John Lourdes até o trem. Stallings leu para os seus comandados e fizeram o que tinha de ser feito. O plano era levar os trens até a guarnição e esperar o sinal de John Lourdes. O pai e o filho deveriam verificar a linha secundária para Tampico, checando os trilhos em busca de indícios de novas sabotagens. Stallings caminhou pela oficina e o engenheiro mostrou de onde foram removidas as talas e os parafusos. Stallings olhou para a sentinela dele, na direção sul. Postou-se tranquilamente nos degraus da locomotiva, esperando que John Lourdes desse o sinal. Grupos de duas ou três pessoas vieram perguntar a Tuerto sobre o estado da guarnição que agora estava nas sombras, no alto do morro. Ele então descreveu a cena e, apontando a abertura da câmera, disse que tudo tinha sido fotografado e que as cópias seriam disponibilizadas mediante uma remuneração. Até as mulheres, horrorizadas com o que ouviam, se agarravam a qualquer sussurro entreouvido, pois os mortos pertenciam ao governo e isso despertava esperanças que não eram comentadas.

De um platô entrecortado, Rawbone e John Lourdes examinavam os morros à sua frente. A 150 km dali, o Golfo banhava as praias de Tampico.

— Dá para sentir o cheiro do sal daqui — disse o pai. Então, conduzindo o seu cavalo, gritou: — Sr. Lourdes... — E apontou. A oeste do trem, traços de poeira se erguiam pelas praias.

John Lourdes sacou seu binóculo.

— Não são dragões. E estão vindo como se fossem cruzados.

— Eles vão atacar o trem.

A alça da cartucheira com os sinalizadores passava pelo pescoço de John Lourdes. Ele enfiou o binóculo na mochila. Pegou a pistola de sinalização. O pai emparelhou o cavalo ao dele.

— Antes de avisar a eles... Você já sabe o que eu vou dizer. Tampico... é onde ficam os campos de petróleo. Você não precisa deles lá. Se eles chegarem, muito bem... e as mulheres não são problema seu. Tampico... os campos de petróleo...

John Lourdes preparou um sinalizador.

— Você pode encher cadernos inteiros até cair morto, mas o que você tem que escrever é... O juiz Knox não devia ter dado essa missão a você. Você não é a pessoa certa para isso. — Seus olhos eram pretos e duros, as cordas vocais bem tensas. — Se você quiser chegar lá, nós podemos fazê-lo. Tudo termina quando você disser que está terminado. Tudo bem. Está tudo lá embaixo. A aplicação prática de uma estratégia significa que você se mantém indiferente e tira uma vantagem sempre que der para tirar uma vantagem. Não foi por isso que você veio parar aqui? Que *eu* vim parar aqui? Responde, porra!

Um sinalizador era sinônimo de que o campo estava limpo. Dois, que havia problemas e era preciso esperar. John Lourdes tinha acrescentado uma terceira possibilidade no bilhete. Três sinalizadores significavam problemas, mas venham depressa. Quando Stallings, de pé em cima do tênder, levantou três dedos, Jack B mandou que se retirassem os trens e preparassem as armas.

Do platô, John Lourdes podia ver faixas de fumaça cinza se erguerem à luz do sol e sabia que os trens estavam manobrando.

— Você... eu... e o caminhão! — gritou o pai. — Maravilha. Eu espero que o BOI tenha lhe ensinado a entrar num trem em movimento, debaixo de bala.

Os trens passaram por um túnel nos morros. Pequenas ilhas de poeira levantadas pelos cavaleiros à frente desciam pelo deserto e se elevavam magicamente em meio aos pântanos distantes. Camponeses com cartucheiras amarradas ao peito como se fossem faixas antigas, chapéus sujos e sombreiros de palha carregavam espingardas, facões, Colts de cinco tiros, arcos e flechas, mochilas e estribos apontados para a frente e as abas dos chapéus empurradas para trás, enquanto se encaminhavam para flanquear os trens.

Houve disparos de tiros ao longo dos vagões e os cavaleiros caíam das selas, os cavalos tropeçavam nas ferraduras e desabavam, alquebrados. Contra um céu sem nuvens, John

Lourdes verificou o território com o binóculo para ver de que maneira o destino poderia interceder para eles entrarem de novo no trem.

Enquanto o trem passava por uma longa faixa de cascalho, um conjunto de sombras cavalgantes deixou seu esconderijo. Os homens no vagão de carvão junto à locomotiva se debruçaram nas janelas e despejaram fogo nos montes de vultos humanos, que estavam tão perto que até podiam ser tocados.

Um camponês com um peitoral de couro e cabelo até os ombros chicoteava seu cavalo ao lado dos trilhos e foi capturado na hora em que ia atirar uma banana de dinamite. Ela desapareceu dentro da carcaça preta e bateu na janela com o pavio aceso. Os homens se lançaram para interferir, mas já era tarde demais.

A explosão chacoalhou o vagão de carvão. Pessoas foram atiradas pelas janelas. As rodas traseiras se levantaram, bateram no chão, fora dos trilhos, cortaram os dormentes e atingiram a terra e o limpa-trilhos. Como se fossem um trator, assestaram o local onde era armazenado o carvão e tudo aquilo se ergueu e arremeteu para dentro da máquina, rompendo a chaminé. O emaranhado todo de aço e vapor se viu coberto de fumaça. Uma parte da armação irrompeu pelas bielas e elas se soltaram da locomotiva ligada à caldeira e, na cabine, uma roda de apoio explodiu no peito do engenheiro e fez suas costelas saírem pelas costas.

A locomotiva empinou e o vagão de carvão tombou num declive ao lado dos trilhos, só para ser abalroado de novo onde ficava o motor. Por alguns segundos, essa armação de aço retorcido e destroços de metal singrou a toda velocidade e então os módulos da carcaça se separaram nas juntas e seguiu-se um chiado violento, uma labareda de fogo e os restos dos vagões explodiram num vulcão de poeira e dejetos.

John Lourdes correu do platô onde estava encosta abaixo, com Rawbone atrás dele. Os cavalos lutaram para subir uma ladeira íngreme, de onde a cena podia ser vista, à medida que a fumaça abaixava: o primeiro trem era uma maçaroca que chiava estraçalhada sobre os trilhos.

O segundo trem estava a um quilômetro e meio de distância e se aproximava velozmente. Enfrentava a artilharia pesada da cavalaria de maltrapilhos curvados em suas selas e que atiravam sobre as cabeças esticadas dos cavalos.

John Lourdes limpou o suor e a poeira dos binóculos e voltou a examinar a paisagem. Se o trem conseguisse passar no meio daqueles destroços, ele podia ver onde os trilhos atravessariam uma série de morros cada vez maiores e o carro teria que reduzir a velocidade dramaticamente. Ele gritou para Rawbone e apontou o lugar onde eles poderiam embarcar. O pai gritou de volta — enquanto seu cavalo refugava fortemente — que o trem nunca conseguiria passar por aqueles destroços. Mas o filho já havia esporeado o cavalo na direção em que as paredes do cânion ardiam à luz do dia.

Eles saíram da ladeira. O terreno à sua frente era uma nuvem de poeira. Passaram por uma horda de cavaleiros que se dirigiam ao trem. Os dois estavam agora no meio do tiroteio, atacando na direção dos veios de xisto, de armas na mão e eram perseguidos por um bando de camponeses. Um dos cavalos foi morto a tiro e o homem que estava em cima dele foi arremessado ao chão e atropelado por seus companheiros, sem a mais remota consideração.

Rawbone não havia ido despreparado e retirou uma granada da camisa, lançando-a na direção dos perseguidores.

Uma chuva de estilhaços de metal acabou com a perseguição. Homens e montarias foram estraçalhados de alto a baixo, com uma eficácia implacável. Tiras de couro e de carne marcaram a terra onde um dia eles estiveram.

A grande locomotiva Mastodon veio trovejando em direção aos destroços esfumaçados que entupiam os trilhos. Stallings encontrava-se de pé ao lado do engenheiro, enquanto Jack B estava em cima do tênder, curvado enquanto distribuía tiros e ordens. Havia homens nos vagões que tentavam conter o sangue dos ferimentos abertos. Havia homens mortos. Havia cavalos, sem cavaleiros, com as crinas selvagens correndo ao lado de vagões em chamas. A poeira e a fumaça desse pesadelo se elevavam por vários quilômetros.

O engenheiro olhou Stallings.

— A locomotiva não vai conseguir passar.

— Vá com tudo.

— Vai acabar estragando.

— Vá com tudo.

— Vai estragar tudo.

— Que estrague.

O engenheiro fez o que foi mandado. Eles podiam sentir a força pura da velocidade quando as enormes rodas começaram a reverberar nos trilhos. O martelar dos pistões lançando o vapor nas válvulas chegava a ser quase ensurdecedor.

Um cavaleiro com arco e flecha chegou à sombra da locomotiva. Amarrada à seta, havia uma banana de dinamite acesa. Stallings se virou e atirou. O cavaleiro foi derrubado da montaria no exato instante em que a flecha partia do arco. Ela ricocheteou entre o motor e o tênder e foi explodir logo adiante. O primeiro vagão balançou, as janelas se estilhaçaram e os homens foram jogados ao chão.

A distância entre o trem e aqueles destroços retorcidos e alquebrados que formavam uma espécie de couraça nos trilhos diminuía com uma rapidez diabólica. Stallings ouviu o engenheiro pedir ao Todo-Poderoso que se lembrasse dele no céu, segundos antes de o inferno acontecer, com o impacto.

Ao longo daquela frigideira vazia, acima do fogo dos rifles, da gritaria e do choro dos feridos, havia o atrito avassalador e o ruído agudo do aço sobre o aço, diferente de qualquer coisa que a mente fosse capaz de imaginar, fazendo estremecer todos os vagões de tal maneira que as mulheres no último carro foram jogadas umas por cima das outras.

Pai e filho chegaram à boca do cânion, levando suas montarias a pé pela face íngreme do morro, que dava vista para os trilhos. Tal como se fosse um Atlas de ferro, a Mastodon foi arremetendo por entre os destroços. A enorme locomotiva balançava, sacudia e andava lentamente, as rodas às vezes prendiam nos trilhos, às vezes perdiam tração e derrapavam inutilmente. Mas, quando as rodas se engancharam e as válvulas se abriram, levando os pistões para a frente, a carcaça maltratada do vagão de carvão fez os trilhos guincharem... e o trem passou.

O engenheiro estava pálido e abalado. Olhou Dr. Stallings e fez que sim com a cabeça, e Stallings se inclinou sobre ele e puxou o apito do trem. Na planície, isso era um grito de desafio.

O trem estava a apenas alguns minutos do beiral de onde John Lourdes se debruçava, olhando os trilhos.

— Nós pulamos daqui.

Rawbone estava atrás dele e olhou a linha do trem. Viu que, se as coisas não saíssem conforme imaginado, seria uma queda formidável sobre as pedras e um fim muito pouco auspicioso.

— Sr. Lourdes — comentou —, até a China parece mais perto do que isso.

O trem passou por uma fenda na rocha. Jack B estava no tênder, atirando contra a última leva de cavaleiros, cujas montarias ainda não os tinham abandonado ou caído de exaustão. O trem agora estava bem perto, de modo que John Lourdes podia até divisar a bandeira pintada nos músculos daquele braço que atirava.

O terreno descia e subia sobre as pedras que surgiam, e os cavaleiros comandavam as montarias sobre as rochas torturantes quase até a morte. Enquanto o trem se afastava, um camponês num animal sem crina e sem sela escapou de uma flecha antes que as pernas se dobrassem e a cernelha afundasse.

A flecha mudou de direção quando John Lourdes pulou para o teto do vagão de passageiros. Ela desceu e pegou velocidade enquanto Rawbone vinha logo atrás do jovem, amaldiçoando o mundo inteiro até o dia da Criação, mas se certificando de que não perderia o chapéu em hipótese alguma. A flecha foi se prender nas tábuas de um dos vagões mais amplos. O pavio da dinamite presa na haste assobiava e faiscava, enquanto os dois homens pulavam as ligações de um vagão para o outro, onde guardas jaziam mortos, e o trem subia pela barragem que ladeava o paredão.

Eles pararam ao lado do caminhão, exaustos. A poeira descia pelo rosto deles, misturada com o suor onde havia se pregado, e, por alguns momentos, eles não eram nem pai, nem filho, nem agente federal, nem assassino comum, mas dois homens que tinham sido pegos no redemoinho de uma carnificina total, e que até agora tinham escapado com vida.

O pai encostou o cano de seu rifle no cano da arma do filho, como um sinal de que eles haviam sobrevivido. Foi aí que a faísca do pavio na haste da flecha fez contato com todo aquele grafite empacotado e explodiu o alto do vagão diante deles, partindo-o em mil pedaços.

VINTE E OITO

A SIMPLES FORÇA DO abalo fez John Lourdes bater no teto. Rawbone foi atirado para o outro lado do vagão, se apoiou nos joelhos e rangeu os dentes de dor. Um pedaço da armação do trem estava espetado em sua escápula.

Ele se ajoelhou no chão e tentou esticar a mão e arrancar aquilo, mas não conseguiu se sustentar e foi incumbência de John Lourdes, cambaleando e se recuperando, arrancar aquela estaca, enquanto o pai grunhia e xingava aquele troço.

Levantando-se, ele falou ao filho.

— Sr. Lourdes, por um momento eu pensei que fosse o senhor me esfaqueando.

— É. E eu, vendo você de joelhos... pensei até que tivesse se convertido a alguma religião.

O vagão à sua frente, do cadeado até a última viga, tinha sido totalmente estraçalhado. Parte do chão ardia em brasa, a outra parte não. Os guardas vieram correndo dos vagões mais adiante para apagar os focos de incêndio. John Lourdes tirou o cobertor do caminhão para atacar o fogo, e o pai, com o sangue escorrendo pelas costas da camisa, foi ajudá-lo, quando um solavanco horrível deixou os dois homens paralisados. O que aconteceu foi que o chão sob os seus pés havia se deslocado para o lado.

O pai ficou confuso, mas John Lourdes, com seu conhecimento absoluto e inequívoco, sabia o que isso significava. Ele abandonou o cobertor, foi até o canto do vagão e, se ajoelhando, procurou o amortecedor. O engate do vagão à frente havia rompido. Estava ali pendurado, ligado ao encaixe do vagão onde estavam como se fosse a garra morta de um monstro de ferro.

John Lourdes se levantou.

— Sr. Lourdes?

— Nós nos soltamos.

Os vagões do trem lá na frente rodavam por um caminho sinuoso perto do paredão, mas bastaram alguns segundos para a parte em que estavam perder a velocidade e a que estava na frente se distanciar. Os guardas que tentavam abafar o fogo pararam o que estavam fazendo e ficaram olhando como bobos.

John Lourdes voltou a se ajoelhar e se debruçou sobre o encaixe, movendo o pescoço para ver a parte de baixo.

O pai, sangrando e sentindo muitas dores, o chamou e John Lourdes se levantou, com a fisionomia tensa. Olhou a descida do morro por onde o trem havia passado, tentando calcular a que distância eles estariam — pelo menos 1,5 quilômetro, pensou — daquela primeira curva no deserto, onde o trilho passava por uma fenda na rocha.

— Sr. Lourdes?

— Os freios a ar devem aguentar, se não tiverem sido danificados. Mas se tiverem...

As mulheres haviam chegado à porta do outro vagão e gritavam para ele, tentando compreender alguma coisa. O pai se ergueu lentamente, mostrando o ferimento, e o filho lhe deu a mão. O trem tinha saído do sol e logo só ficara a linha da fumaça do motor.

— Eles vão voltar.

John Lourdes estava esperando, sentindo, ouvindo... Será que os freios aguentariam?

— Sabe o que é preciso para parar um trem numa ladeira? É como tentar conter uma avalanche, procurando reverter a situação e empurrá-la para cima...

— Eles não vão abandonar as munições.

— Nem nós. Vamos juntar as mulheres e sair do trem. Vamos em frente.

John Lourdes atravessou para o vagão de passageiros e foi passando entre as mulheres e as perguntas que elas faziam, percorrendo o compartimento inteiro, enquanto o pai berrava ordens para elas saírem de lá e rápido. Rawbone lhes dava a mão ou as segurava quando pulavam e as conduzia até a frente do vagão onde estava o caminhão, enquanto amaldiçoava suas almas femininas.

John Lourdes examinou os engates debaixo do vagão de trás e sabia que havia correntes adicionais para a manobra que ele pretendia fazer. Quando se virou, viu Teresa de pé, sozinha, o observando. Mas os olhos atentos e o silêncio contido agora eram cobertos por medo e confusão. Ele foi até ela e, quando esticou a mão, suas botas sentiram a primeira pista de que os vagões estavam deslizando. Os freios a ar começavam a falhar.

As últimas mulheres pularam do trem e se reuniram nos trilhos. John Lourdes levou Teresa e, com Rawbone, a ajudou a descer do vagão. O trem estava deslizando alguns centímetros para trás e era preciso parar a máquina antes que ela ganhasse velocidade. Nos trilhos laterais havia pilhas de correntes grossas. John Lourdes soltou uma delas e a jogou sobre o ombro. Depois, mandou que Rawbone trouxesse a outra, já que os freios estavam começando a ceder.

John Lourdes estava nos fundos do vagão de passageiros, chutando a porta, quando Rawbone deixou uma enorme corrente cair a seus pés.

— O que você está tentando fazer?

John Lourdes bufava e a camisa estava toda ensopada. Quando ele começou a explicar, o pai se ajoelhou sobre uma perna, deixando à vista o ombro machucado.

O filho queria jogar uma corrente pela janela da porta e amarrá-la. Faria o mesmo com a porta do outro lado. Aí eles pegariam muitas correntes e atrelariam aos dois nós e jogariam por cima da plataforma, de volta aos trilhos e por baixo das rodas para formar uma espécie de cunha presa ao vagão.

O pai olhou aquilo tudo e perguntou:

— E uma coisa dessas funciona?

— Eu já vi ser feito uma vez, mas não numa ladeira como essa...

Emoldurada pela porta do vagão de passageiros estava Teresa. Sobre o ombro, ela carregava a maior parte de uma corrente e o resto se arrastava pelo chão como um cordão umbilical de ferro. A moça estava toda curvada e cada passo parecia uma tortura.

— Em nome de todas as loucuras, o que é isso? — perguntou o pai.

Ela tinha procurado uma maneira de ser útil, vendo-os pegarem as correntes, e tinha subido no vagão do caminhão com as mulheres lhe agarrando as pernas e a saia, tentando contê-la. Ela não conseguiu atravessar a porta arrastando todas aquelas correntes e, quando os homens foram buscá-la, Rawbone assumiu todo aquele peso nas costas.

John Lourdes, apontando as palmas das mãos para baixo, moveu-as no ar como um sinal para que Teresa parasse onde estava. Rawbone carregou todas aquelas correntes monstruosas até os fundos do vagão. John Lourdes enganchou cada ponta da corrente a um dos nós. Então, pediu que o pai o ajudasse a lançar as correntes por cima da plataforma traseira e elas foram cair sobre os trilhos, provocando um barulhão.

— Quando eu der a ordem para apertar firme, você entra rapidinho no vagão e segue em frente. Essa plataforma pode se despedaçar e uma parte da parede também.

Cada elo das correntes era quase do tamanho dos punhos deles e estava arranhado e lascado pelo contato com os trilhos. John Lourdes respirou fundo. O pai tinha a força de um lutador de boxe, e então John Lourdes gritou:

— Aperta. Firme.

Eles apertaram a corrente. Ela ficou esticada e presa nas rodas. Os dois homens partiram num atropelo para entrar logo no vagão, e o barulho que se ouvia daquelas rodas presas era igual ao de uma serra cortando aço puro. Saíram faíscas e fagulhas e os parafusos, na plataforma e em toda a parte de trás, começaram a rachar e a plataforma acabou se rompendo como se fosse de brinquedo. Num segundo a parede dos fundos estava ali e no outro eles olhavam para uma moldura de madeira arrebentada, que exibia morros marrons insípidos e a luz do dia coberta de poeira. O ruído agudo continuou e parecia interminável. E então, num momento atordoante, os vagões pararam.

Partes das correntes tinham virado pó, mas o resto se acumulara embaixo e em volta das rodas e isso fez com que os vagões permanecessem estáticos.

A Mastodon não tinha voltado e agora eles se viam sozinhos naquele fim de mundo silencioso, com Tampico a 150 quilômetros dali, através daqueles morros sinuosos e sem resquício de água.

— Agora — disse John Lourdes ao pai — você entende por que eu não queria deixar o caminhão.

De certa maneira, era uma aplicação prática e puramente ortodoxa de uma estratégia. O pai ainda comentou, tendo um insight:

— Não foi por isso que você não queria deixar o caminhão.

John Lourdes arranjou um machado de incêndio e um conjunto de pés de cabra e formou duas equipes de mulheres. O pai assumiu o primeiro grupo e eles começaram a soltar as tábuas do teto do vagão de passageiros. O filho trabalhou com as outras, desmontando os trilhos laterais do vagão onde estavam o caminhão e as barras de apoio. E não é que aquela porra de assassino comum começou a ensinar aquelas mulheres a cantar "Take Me Out To The

Ball Game" em inglês, enquanto elas se esforçavam naquele vagão imundo.

John Lourdes tinha como objetivo construir uma rampa improvisada, composta por vigas e tábuas amarradas por cordas, cabos e partes das correntes e qualquer tipo de roupa que as mulheres não estivessem usando ali, no corpo.

Ele olhou o resultado de um lado a outro, observado pelo pai e pelas mulheres.

— Está muito longe de ser uma obra-prima.

— Sr. Lourdes, as boas maneiras exigem que eu permita que o senhor seja o primeiro a tentar dirigir o caminhão.

— O senhor é quase um santo — murmurou o filho, baixinho.

John Lourdes levou o caminhão até a beira do vagão e pôs a cabeça para fora da cabine, para ver se a rampa aguentaria o peso. O pai agia como um guarda de trânsito, indicando com as mãos se as rodas deviam ir mais para a esquerda ou para a direita. Quando o motor já havia passado inteiro pela rampa, ela começou a afundar como as costas de um personagem de desenho animado. As mulheres gritaram, tentando evitar o que elas viam como um desastre, pedindo que John Lourdes virasse as rodas, na direção contrária da que o pai dizia — e ele agora não parava de amaldiçoar aquelas linguarudas. Algumas chegaram a implorar que ele desse marcha a ré, enquanto outras diziam para ele seguir em frente. Tudo isso estava se tornando um palavreado inútil, de modo que John Lourdes engoliu em seco com força para limpar a garganta e, com uma rápida decisão de "dane-se", meteu o pé no acelerador.

O caminhão engasgou e, quando a parte da frente tocou no solo, a rampa se rompeu e os pneus traseiros bateram nos dormentes. O caminhão se inclinou pesadamente para um dos lados, sob o peso de todas aquelas caixas de munição, e todos ficaram acompanhando, num silêncio assustador, aquela pilha desajeitada se acomodar. Então, John Lourdes simplesmente pressionou o acelerador, e o caminhão começou a andar para a frente, sob um suspiro coletivo de alívio.

VINTE E NOVE

No fim da tarde, eles dirigiam em cima da ferrovia, com uma das rodas passando sobre os dormentes e a outra sobre a estreita faixa de terra. As mulheres se revezavam em cima dos caixotes, apinhadas na carroceria ou caminhando à frente do caminhão. Um homem dirigia enquanto o outro descansava. Era uma viagem lenta e perigosa e, quando atingiram o alto do morro ao anoitecer, o imenso vazio do solo do deserto havia ficado lá embaixo.

As mulheres que iam à frente do caminhão portavam velas e lanternas para iluminar o caminho. As luzes tremeluziam naquele cânion íngreme e traiçoeiro, onde as sombras se deslocavam num ritmo lento e sóbrio, como uma procissão de druidas se movendo pela longa igreja da noite.

Quando chegou a vez de Rawbone passar a direção a John Lourdes, ele foi se juntar aos outros na traseira do caminhão, sentando em cima de caixas de granadas de mão e pentes de metralhadora. E, enquanto a irmã Alicia dava pontos no ferimento em suas costas com um fio de costura, ele comandou um coro de mulheres que cantavam num inglês com sotaque:

Let me root, root, root for the home team
If they don't win it's a shame
For it's one, two, three strikes, you're out
*At the old ball game**

Mais tarde naquela noite, John Lourdes escreveu no caderninho: *Você foi ajudar a senhora e arriscou a própria vida... carregou as correntes... e está sentada aqui, ao meu lado...* Terminou com um ponto de interrogação e o circulou.

Ele e Teresa estavam sentados juntos no caminhão, aninhados ao lado dos caixotes, enquanto atravessavam todo aquele vazio escuro e cheio de vento.

Ela leu as perguntas e escreveu: *Eu ajudei a irmã Alicia porque ela precisava de ajuda e eu fiz o que era certo... Carreguei as correntes porque vocês precisavam delas... E eu estou sentada aqui, porque é necessário perdoar.*

Ele escreveu: *Eu sou muito grato por você me perdoar.*

E ela: *Isso não se refere só a você.*

Ela não tinha percebido inteiramente o quanto seu pai estava envolvido com aquele grupo de homens na ladeira,

---

* "Deixa eu torcer, torcer, torcer para o meu time/ Se eles não ganharem, vai ser uma vergonha/ Porque um, dois, três *strikes* e você está fora/ Nesse velho jogo." (*N. do E.*)

que executava crianças. E o fato de o pai dela ter o mesmo sangue e a mesma história dos mortos embrulhava seu estômago.

Ela ainda acrescentou: *Eu sou muito pequena diante do mundo... mas o Cristo no meu coração é muito maior. Sem perdão, toda vida está perdida. E eu não quero me perder.*

John Lourdes era capaz de ouvir a voz do próprio pai atrás do volante. Com ele, na cabine, iam a irmã Alicia e mais uma mulher. Ele as estava ensinando a cantar "I'm a Yankee Doodle Dandy".

Ele olhou o caderno. Absorveu o que Teresa havia escrito. Podia senti-la ao seu lado. Ele sabia, sem precisar perguntar, que o perdão dela se estendia ao próprio pai. Era algo tão tangível quanto a chuva num rosto erguido para o céu. Eu sou muito pequena diante do mundo... Essas palavras, ele sabia, também valiam para ele, naquele lugar, naquele instante, embora perdoar não fosse uma opção.

DIRIGIRAM DIRETO ATÉ o amanhecer. As falhas de calcário foram substituídas por ilhas de pinheiros do cerrado. A terra era mais fofa e o caminhão tinha que lutar para galgar cada quilômetro. As pedras do deserto começaram a se aquecer no sol. Ao norte, uma tênue linha no horizonte e um pequeno oásis de cabanas.

Perto de Taumin, eles passaram por uma catedral abandonada no solo do deserto. Absolutamente magnífica, do tempo dos Conquistadores. As pedras de seus muros eram vermelhas e uma grande cúpula se erguia em direção a um céu quente e sem nuvens. As mulheres fizeram o sinal da cruz ao passarem por ela, pois Deus não se esquece de lugar algum.

Jantaram ao lado de um riacho próximo a uma fazenda abandonada. Em meio às árvores, uma cerca enferrujada protegia algumas lápides. Nomes que o sol e o vento haviam roubado. Rawbone observou John Lourdes e a garota Teresa caminharem nas águas rasas. A água era fria e brilhava sob a luz tranquilizadora, e a brisa conferiu à refeição uma melodia frágil e suave.

Havia algo no longo azul do entardecer que, para Rawbone, sempre lhe transmitia uma sensação de desamparo e de que qualquer coisa poderia acontecer. Olhou a fazenda abandonada e depois o pequeno aglomerado de túmulos entre as árvores. Apagou o cigarro na areia e se levantou enquanto John Lourdes e a garota passavam por ele. Graciosamente, levou a ponta do dedo ao chapéu.

— Sr. Lourdes, é melhor o senhor tomar cuidado. — Sorriu. — É assim que as pessoas fabricam os seus Cains e Abeis.

DIRIGIRAM GUIADOS PELA luz da lua e foi uma mulher sentada num dos caixotes mais altos a primeira a ver Tampico e a avisar aos outros. Rasgando o ar enevoado do Golfo havia uma imensidão de luzes espraiadas. Um quilômetro e meio à frente, eles depararam com os trilhos de uma ferrovia. No meio do escuro enfumaçado, um trem de carga solitário se aproximou com um grande ranger de vagões e o silvo forte de seu apito. Eram vagões-tanques, a caminho dos campos de petróleo.

O dia começou úmido e abafado. Estavam a apenas uns 20 quilômetros de Tampico e tiveram que parar para abastecer o caminhão com a última reserva que carregavam nos tambores. As mulheres estavam sujas e exaustas. Enquanto acendiam um fogo para preparar um café e uma massa pastosa com açúcar, o pai pediu ao filho que se afastassem um pouco, para que pudessem conversar a sós.

— Sr. Lourdes, uma vez eu me enturmei com um bandido de primeira linha. Ele era em parte *sioux*. Foi bem aqui, em Tampico, depois que eu voltei daquela guerrinha de brincadeira lá em Manila. Ele me deu um conselho: "Raw, quando as coisas vão mal, qualquer estrada para longe da cidade é a estrada mais rápida."

Esperou para ver como John Lourdes iria reagir. A resposta foi um bem medido silêncio.

— Nós temos toda essa munição, Sr. Lourdes. Acho que a gente devia enterrar um pouco e dizer para o Stallings que nós a perdemos no caminho. Nós ficaríamos com ela para vender, se precisássemos de dinheiro. O senhor a teria para vender, se precisasse comprar ou subornar para conseguir uma informação. Ou se a gente... tivesse que pegar uma estrada rápida.

John Lourdes pegou um cigarro. Ele não tinha fósforo, por isso esticou a mão para o pai lhe dar um. Olhou Rawbone com um olhar inquisitivo. Depois de acender o cigarro, Lourdes perguntou:

— E o que aconteceu com o tal... bandido de primeira linha?

— Ele foi morto a tiros, enquanto dormia.

— Eu apostaria que ele foi envenenado.

— Muito obrigado, Sr. Lourdes. Eu sempre aprecio os elogios profissionais.

— É claro que, no fim de tudo isso, com todo o seu sorriso e fala fácil, você descobriu que o futuro aqui não é aquilo que você esperava.

— O senhor deveria me oferecer um daqueles caixotes como um bônus pelos meus magníficos serviços.

— Eu não sei quando você é pior. Quando mostra o pior de si, ou quando não mostra.

O CAMINHÃO AVANÇOU com esforço por uma estrada de transporte que era extremamente esburacada pelas chuvas e pelo calor, além de muito utilizada por veículos petroleiros, vagões de suprimentos e trabalhadores a pé. O grupo causava uma impressão e tanto, com todas aquelas mulheres amontoadas nas enormes pilhas de caixotes, como uma espécie de aviário esquisito. Os homens gritavam para elas das cabines dos caminhões, ou assobiavam e as despiam com os olhos. À medida que a estrada ia subindo, ela dava lugar ao Golfo e ao mundo de Tampico e aos campos petrolíferos diante deles. Só que essa não era a visão apresentada pelo filme de Díaz, que John Lourdes vira na escuridão da funerária.

Era uma contradição alucinógena. Um reino fétido do mais puro comércio e da mais profana destruição. Uma terra despida de vida e agora tomada pelo câncer do petróleo e do fogo.

— *El auge* — disse Rawbone.

O boom do petróleo. A frase englobava tudo, mas não capturava nada.

Tampico havia crescido em torno do rio Panuco, que desaguava no Golfo. A cidade era isolada por uma série de lagunas e charcos. Havia uma imensa ferrovia, e o rio se transformara numa estrada de rebocadores e balsas de petróleo, navios-tanques, barcos a vapor e chatas. Qualquer coisa que flutuasse na água e pudesse transportar carga passava por ali.

A floresta tropical havia sido derrubada e queimada e agora poços sujos de petróleo jorravam até o céu. Na laguna Pueblo Viejo havia um lugar chamado Tankerville, onde uma fila atrás da outra de tambores de madeira e concreto, um verdadeiro exército de contêineres, cozinhava ao sol. *Barrios* foram edificados nos charcos, com barracos feitos de tábuas de madeira que os trabalhadores construíam sobre palafitas, enquanto o solo embaixo deles expelia lodo. Os pântanos eram drenados para dar lugar a armazéns, estações de bombeamento e terminais de barcas.

Por todo canto que olhassem, eles viam poças de óleo negro. Buracos foram escavados até que jorrasse alguma coisa. Havia lagos onde os poços encontrados sangravam há vários dias na terra e que agora iam se transformando num asfalto pegajoso sob o calor do litoral. Os bambuzais altos na beira das lagunas eram encimados por marcas de petróleo, as árvores ficavam sujas de preto, os tetos e as estradas também estavam manchados, os vagões, os carros, os caminhões e os pneus eram movidos por ele. O ouro negro era trazido pela correnteza e maculava a areia.

O ar era denso e turvo e eles podiam provar do trabalho das refinarias com a própria língua, e o cheiro do perfume rançoso e amargo, com as narinas.

O pai olhou o filho, do outro lado da cabine, que estava ao volante procurando os escritórios da Agua Negra.

— Sr. Lourdes, as companhias britânicas e americanas investiram um bilhão de dólares aqui. Elas sabem o que maços de dinheiro e um objetivo são capazes de realizar. — Ele apontou com o braço tudo o que eles podiam ver. — Pelos padrões deles, eu sou apenas um assassino comum.

Eles dirigiram pela região da ferrovia. Centenas de trabalhadores estavam desembarcando dos vagões de carga e sendo levados em grupos como gado ou cabras. El Enganche — o Engate — era como aquele processo se chamava. Camponeses das fazendas e das aldeias lá nos morros eram recrutados em bazares e feiras por agentes ardilosos chamados de *enganchadores*, que prometiam transporte, alojamento e comida grátis, mais uns três ou quatro pesos por dia, se o camponês aceitasse ser contratado para trabalhar por um período de tempo. É claro que, quando eles chegavam em Tampico, as empresas lhes diziam que os contratos não seriam honrados e que o salário era de apenas um peso por dia. Era mais do que eles ganhariam num lugar qualquer no campo, mas o custo de vida em Tampico acabava transformando-os em indigentes que trabalhavam duro.

O pai tamborilou com os dedos no painel para chamar a atenção de John Lourdes para uma série de pichações nas paredes demonizando os ianques e os ingleses. Não era o primeiro jorro de ofensas que se viam pintadas nas paredes, o que mostrava o estado de espírito das pessoas quanto à realidade brutal de Tampico.

— As mulheres aí em cima — disse o pai — estão caminhando para o mesmo destino que aqueles vagabundos no trem.

John Lourdes sabia disso, embora fosse a primeira vez que ele efetivamente se confrontasse com o fato. Isso não era uma coisa com a qual ele deveria se envolver, mesmo assim ele parou o caminhão e saltou. Passou, então, a explicar às mulheres o que o futuro lhes reservava.

Não era nenhuma novidade, descobriu. Uma garota não muito mais velha que Teresa resumiu a resposta delas exibindo e abrindo uma bolsa pequena, mas vazia.

Quando John Lourdes voltou a dar a partida no caminhão, o pai perguntou:

— Sr. Lourdes, o senhor diria que eu sou um homem inteligente?

— Infelizmente... eu diria que sim.

— O senhor deveria ter largado esse caminhão no deserto. Devia ter deixado as mulheres no trem. Não deveria ter feito o que acabou de fazer. O senhor está dirigindo direto para a sua ruína.

TRINTA

Os escritórios da Agua Negra ficavam no cais da alfândega. Havia uma draga atracada ao lado de uma sonda que perfurava o fundo do rio. O cais estava com tráfego intenso de petroleiros. Jack B encontrava-se do lado de fora das portas giratórias de um galpão de dois andares, fumando um cigarro, quando vislumbrou aquele grupo de mulheres em cima de um caminhão. Sua fisionomia era a do mais puro espanto quando John Lourdes estacionou diante dele.

Rawbone bateu no chapéu.

— Você não vai dizer oi? — Saltou da cabine. — Você poderia fazer a gentileza de dizer ao médico que nós trouxemos o caminhão?

Jack B desapareceu dentro do galpão, sem dizer uma palavra.

— Lá vai uma mente faminta — disse o pai.

John Lourdes saiu do caminhão e as mulheres saltaram da parte de trás. Não demorou muito até que Stallings chegasse à calçada, seguido por um bando de guardas e soldados. Como Rawbone esperava, Stallings não estava tomado pelo espanto. Em vez disso, mantinha a habitual cara fechada, que era a sua marca registrada.

Olhou John Lourdes.

— O seu bilhete... pode ter feito uma grande diferença para nós.

Stallings ordenou que Jack B organizasse as mulheres. Perguntou então a John Lourdes como foi que eles conseguiram passar pelas Sierras. Enquanto Lourdes explicava, ele dava a volta no caminhão. O pai observava Stallings atentamente. Quando acabou, como um pensamento final, Lourdes acrescentou:

— Nós perdemos alguns caixotes antes que conseguíssemos frear os vagões.

O médico ouviu tudo em silêncio. Mandou que Jack B levasse as mulheres até a cafeteria do prédio.

— Menos essa aqui e aquela — disse, referindo-se a Alicia e à garota Teresa.

Mandou então que os dois homens entrassem no caminhão e foi se encontrar com eles. Enquanto John Lourdes se colocava atrás do volante, Teresa fez um sinal para ele, como que para dizer adeus. Stallings os instruiu a dirigirem pelas margens do Panuco. Ficou sentado de braços cruzados e não deu início a conversa alguma até que começou a apontar para as refinarias nas margens do rio. Aquila... National Petroleum... Waters-Price... Standard Oil... East Coast Gulf... The Gulf Coast... The Huasteca... e aqueles eram só os campos do norte.

— Senhores, isso aqui se transformou numa nação independente.

No meio das chaminés, das refinarias e das indústrias de parafina, havia uma guarnição de cabanas longas e baixas e um depósito de teto ondulado. Uma placa acima do portão dizia:

AGUA NEGRA

SEGURANÇA DE CAMPOS PETROLÍFEROS

Ali, os homens eram do mesmo tipo dos que estavam no trem e eles se levantaram e ficaram atentos, até perceberem que era Stallings quem estava no caminhão. Estacionaram na garagem do depósito. Rawbone e John Lourdes seguiram Stallings até o escritório. Era absolutamente espartano: uma mesa com meia dúzia de telefones. Os dois homens tiveram que mostrar seus cartões de segurança. Quando o Dr. Stallings os tinha na mão, acabou com eles.

— Vocês não trabalham mais para a Agua Negra.

Ficou esperando a resposta dos dois. Alguma coisa pareceu se passar entre pai e filho. Uma sensação não dita para permanecerem em silêncio. Stallings pegou alguns trocados de uma gaveta. Empurrou o maço de notas na direção de John Lourdes.

— Vocês devem cair fora. Vão para o Southern Hotel. Arranjem um quarto onde possam se acomodar. Levem a motocicleta. Se alguém perguntar, vocês não trabalham para nós.

John Lourdes pegou o dinheiro e o colocou no bolso. Olhou o pai.

— Ele fica — disse Stallings.

Quando ficaram sozinhos, Rawbone pegou um cigarro e acendeu. Tirou o chapéu e o colocou sobre um arquivo de madeira. Depois se sentou numa cadeira ao lado da janela.

— Esses campos de petróleo — disse o doutor — não são tão grandes quanto os do Texas, mas podem exercer muito mais influência. Essas companhias serão vistas como um país, no futuro. E elas estão começando a aprender a se comportar como um país. As questões práticas e as prioridades.

Rawbone apoiou uma perna na cadeira e um braço no joelho.

— O senhor faz questão de fazer uma referência ao Texas.

— À sua situação legal.

— Como o Sr. Bandeira Americana gosta de dizer... isso aqui não é o Texas.

— E é exatamente isso o que eu quero dizer.

Eles ouviram as marchas da motocicleta mudarem e o gemido de um motor. Rawbone podia ver pela janela e além da cerca que John Lourdes estava pegando a estrada, atravessando o mato queimado e arrebentado.

— O senhor confia inteiramente nele?

Rawbone conteve o riso.

— Eu só confio inteiramente em mim mesmo.

— O senhor vai acabar tendo que tomar uma decisão nesse sentido. O senhor vai ficar com o caminhão. Pode colocá-lo a frete. Um conhecido meu vai fazer contato com certas pessoas em seu nome. E eu vou dizer que elas podem encontrá-lo no Southern Hotel. Agora você é um profissional liberal.

— Com que objetivo?

O doutor não hesitou, nem por um momento, nem deixou passar um segundo.

— Um assassinato.

Rawbone saiu para a porra da luz do dia com um antegosto de morte ardendo na boca. Agora ele sabia, com a mais absoluta clareza, que Stallings queria ver ele e John Lourdes mortos.

Tampico, a cidade velha, foi construída na época dos vice-reis coloniais. Arcos e varandas de ferro fundido, arabescos franceses e tijolos ingleses importados. A cidade fazia Rawbone se lembrar de Nova Orleans, principalmente em questões do mais puro deleite, na satisfação dos prazeres mais particulares.

O Southern Hotel era um edifício de cinco andares com elevadores. Era um estabelecimento para se ganhar dinheiro, com um bar em mogno e mesas na cafeteria onde se podiam beber coquetéis em autênticos copos Tom Collins. Homens de negócios se hospedavam ali, assim como políticos, repórteres de revistas como *Colliers* e *Saturday Evening Post*, e gente do tempo da corrida do ouro em Klondike, que vinha explorar petróleo nas margens do Panuco.

Uma chave havia sido deixada para Rawbone no balcão da recepção. Quando ele entrou no quarto, ficou extremamente perturbado. O lugar estava vazio, mas ele pôde ouvir o chuveiro sendo utilizado. Jogou sua trouxa numa das camas. Na outra estava o coldre de ombro de John Lourdes, sua mochila, as roupas... e aquele caderninho.

Num surto de raiva e ressentimento por ter sido usado, ele pegou o caderno e o atirou na parede. E fez o mesmo com o coldre e a mochila — e até com as roupas de John Lourdes.

Percebeu que o rapaz estava ganhando dele, mesmo não estando sequer dentro do quarto, só pelo simples fato de existir, só por...

Sua silhueta à luz do abajur se retesou. Ele podia se ouvir advertindo: mantenha a indiferença, porra! Abra o jogo com ele! Fale de Stallings... tudo o que você está intuindo! Mas o Sr. Lourdes poderia escrever tudo isso naquele lamentável caderninho.

Ele juntou as coisas do rapaz e arrumou-as de volta na cama, como elas estavam. Afaste-se disso e de tudo o que tem a ver com isso! Era uma possibilidade. Ou então encontre uma maneira rápida e segura de sacrificar John Lourdes e se salvar!

Enquanto ele jogava as calças na cama, a carteira caiu do bolso. Ele praguejou enquanto se abaixava para pegá-la. Vendo aquela lasca de ouro entre as dobras do couro, ele abriu totalmente a carteira para ter a certeza mais desprezível de que aquilo era mesmo o que ele imaginava ser. E o que ficou em cima da superfície seca e rachada do couro... era um crucifixo insignificante, uma bugiganga, com um dos braços quebrado.

Há quanto tempo que alguma coisa não destruía tanto o seu ser, ou o deixava assim tão nu? Mas ali estava ela.

Seria possível...?

Ele devolveu o crucifixo e fechou as dobras de couro, e colocou a carteira de volta no bolso das calças. Ele estava no meio de um redemoinho, sabendo... que tinha sido destruído pelas próprias mãos.

NO QUARTO, SOZINHO, John Lourdes se vestia com roupas limpas. Tirou a carteira do bolso. Verificou se a cruz dada pela mãe continuava ali, antes de guardá-la de volta no bolso de trás. Posicionou o coldre de ombro. Sentou-se à mesa e se preparou para mandar um telegrama ao juiz Knox e uma carta a Wadsworth Burr.

A noite tinha caído e ele foi de moto aos escritórios de campo da Agua Negra, para descobrir o que havia acontecido com Rawbone, mas ninguém sabia dizer. Enquanto estava lá, John Lourdes descobriu que as mulheres haviam sido levadas a uma cafeteria mais à frente, que atendia aos guardas. Era ali que elas deviam trabalhar. E lá lhe informaram que Teresa e a irmã Alicia tinham sido levadas à casa do prefeito, para trabalharem na cozinha. Ele foi de moto ao tal endereço, que ficava na Laguna del Carpintero.

A casa, cheia de torrezinhas, se erguia em seus três andares à luz da lua. Era um espetáculo muito mal concebido de grades de ferro, marquises e pórticos mouros. No grande terreno atrás destes ficavam duas sondas de petróleo e, na ladeira que ia dar na laguna, estava uma poça preta fedorenta. Havia pilhas de lenha podre e uma balsa quebrada na margem do rio, e depósitos de suprimentos e um caminhão enferrujado com uma cerca ao seu redor, para cavalos, mulas e um bando de cabras.

A casa estava toda iluminada quando John Lourdes passou por ela. No grande salão com castiçais e arabescos de alto a baixo se encontrava uma dúzia de homens. Bebiam e estavam absortos na conversa. Um deles era Stallings, outro era Anthony Hecht. John Lourdes estacionou a moto junto a uma árvore e se protegeu na escuridão para poder ver melhor.

Aparentemente, boa parte da conversa se dirigia ao prefeito, que era descendente de mexicanos, embora houvesse mais uma pessoa que parecia ter uma importância central. Envergava um terno quase branco e exibia um bigode bem parecido com o de John Lourdes. Era mais velho e tinha um aspecto refinado e de vez em quando passava os polegares pelos suspensórios quando falava.

Quando a luz da cozinha se acendeu no meio da escuridão, John Lourdes viu um grupo de mulheres trabalhando. Teresa estava num canto, esfregando panelas. Alicia, no fogão. Ele a chamou pela porta de tela. Ela levou as mãos ao rosto num gesto da mais absoluta surpresa, depois olhou para a porta fechada que levava ao hall. Eles conversaram por alguns minutos, antes de ela puxar Teresa pelos cabelos.

Teresa foi até ele com um avental de couro amarrado ao pescoço que ia quase até o chão. Seus braços pingavam. Ela estava constrangida, mas felicíssima de ver John Lourdes. Ele deu a ela uma folha tirada do caderninho.

Lá, ele havia escrito: *Eu só queria ter certeza de que vocês estão bem. Estou no Southern Hotel, se você tiver algum problema.*

Ele queria que ela ficasse com o bilhete, mas ela fez um gesto com a mão, indicando o lápis. Abriu um pouco a porta de tela. Escreveu na mesma página: *É muito bom te ver.* E isso ela sublinhou.

De dentro de casa, um homem estava gritando e a porta para o hall se abriu. John Lourdes enfiou a página em que eles haviam escrito na mão dela, antes de desaparecer na escuridão. Naqueles minutos com Teresa, ele havia entreouvido um trecho da conversa que viera do salão. A maior parte parecia ter a ver com o prefeito e com qual seria a posição política dele, agora que a insurreição havia sido autorizada.

Na lateral da casa, John Lourdes viu uma despensa subterrânea. Ficava quase embaixo do salão onde estavam os homens. Ele foi até lá e se ajoelhou ao lado da entrada inclinada. Olhou em volta. Havia dois homens perto das sondas e ele podia divisar o leve brilho dos cigarros que eles fumavam. John Lourdes puxou o trinco e abriu a porta já bem gasta.

Curvou-se e foi tateando ao longo dos degraus frouxos. Ele deixou a noite do lado de fora e se espremeu ali no escuro. A despensa estava toda podre e as esquadrias cheias de fungos. O chão estava encharcado com alguns centímetros de água suja e o barulho de cada passo cauteloso que ele dava se propagava.

Das tábuas do assoalho acima, dava para ouvir o som das botas dos homens ou o ranger das cadeiras quando se mexiam. Mas aquele buraco negro e fedorento era um estetoscópio perfeito para se ouvir toda a conversa.

TRINTA E UM

QUANDO SAIU DO hotel, Rawbone andou pelas ruas com a trouxa sobre o ombro como um vagabundo sem destino. Tentou desacreditar todos os incidentes, todos os dias, todas as horas e todos os minutos desde El Paso até aquele momento, como que para negar o inegável.

— Tem coisas que o senhor diz, Sr. Lourdes... que é como se o senhor conhecesse minha vida inteira.

— Ou talvez a *minha* vida.

Será que é possível que John Lourdes não saiba que eu sou o pai dele? Ele tentou se convencer dessa possibilidade. Que o jovem no Southern Hotel, que era seu filho, seu sangue, de alguma maneira tivesse apagado o pai da memória. Era uma coisa ridícula e exigia uma quantidade enorme de estupidez para que se acreditasse, ainda que remotamente, nela. E o fato de ele estar chegando a esse ponto o deixava irritado, pois era sinal de fraqueza, de medo, de vergonha e de como ele realmente se sentira esmagado pela verdade.

Parou e olhou uma vitrine. Viu ali sua imagem tingida pelas lâmpadas de gás. Ele tirou o chapéu e puxou os cabelos para trás. Estava procurando pelo filho, mas o filho estava naquele quarto de hotel, era integrante do Bureau of Investigation, era o homem que o havia capturado, que viajara ao seu lado por vários dias, que tinha sido mais inteligente do que ele, que ele entregara às mulheres quando estava morto de dor, e que agora controlava o seu destino. E que, apenas uma mísera hora atrás, ele pensara em matar. John Lourdes também era o homem que em nenhum momento mencionou o fato de eles serem pai e filho. De repente, o carro funerário voltou à sua mente, quando falaram um com o outro se olhando pela janela de vidro. Ele se afastou da vitrine, incapaz de continuar se vendo.

Era uma noite de fim de semana. As ruas estavam cheias e barulhentas, com charretes puxadas por cavalos e carruagens de turistas. Havia casais, risos e pessoas nas varandas jogando cartas ou ouvindo música nas vitrolas. Vendedores ofereciam sorvetes, água mineral e doces. E Rawbone caminhava em meio a tudo isso sozinho e de posse de uma imensidão que o estraçalhava.

John Lourdes mudara até de nome. Provavelmente, pensou Rawbone, pela mesma razão que eu mudei o meu: vergonha. Pelo menos, eles tinham isso em comum. Esse mero pensamento fez com que ele desse uma gargalhada amarga e o levou à beira das lágrimas.

Caminhou pela praia. Viu a onda bater e formar espuma nas areias cheias de óleo. Depois, viu-a recuar. Postou-se sob a luz âmbar dos cassinos enfileirados nas calçadas.

Sua mulher havia pendurado aquela cruz num prego embaixo de um cartão-postal de Lourdes, com uma criança em pé diante da estátua da Virgem Maria. Rawbone lhe falou:

— Espero que ela faça por você muito mais do que pôde fazer pelo próprio filho.

Ela rezava para que seu marido se convertesse para o lado do bem. Desprezando essa atitude, ele atirara no crucifixo, arrebentando parte de um dos braços.

Ela o pegou do chão e se postou diante do marido, naquele buraco enfumaçado que eles chamavam de lar. Apontou cada braço da cruz, o que tinha ficado inteiro e o que havia sido quebrado.

— Um para cada ladrão que foi crucificado com Cristo. Qual deles você quer ser? Essas são as únicas escolhas que nós temos.

Subitamente, ele entendeu como é que John Lourdes tinha inventado o nome dele. Deu as costas para o Golfo. Com que rapidez tudo isso acontecera... Num cassino, uma orquestra tocava. Pelas altas janelas, ele pôde divisar senhoras e senhores elegantemente vestidos dançando aos acordes cheios e tranquilizadores de uma valsa.

Ele ficou em pé, na calçada, numa tristeza indescritível. Então, sem se preocupar com o óbvio, abriu uma das portas e entrou no salão. Tirou o chapéu e colocou-o junto com a trouxa que levava numa mesa vazia.

As pessoas logo repararam naquele vagabundo barbado e todo sujo da estrada, com uma pistola automática no cinto. Ele passou as vistas pelo salão até que seus olhos pousaram num pequeno grupo de mulheres que estavam sozinhas, ouvindo música. Elas o viram se aproximar e sussurraram alguma coisa entre si. Havia uma senhora entre elas, mais ou menos de sua idade, com cabelos bem pretos e pele mediterrânea.

— Com licença — disse ele.

Ela se virou e olhou aquele estranho de um modo incerto.

— A senhora poderia dançar uma música comigo?

Suas companheiras olharam incrédulas.

— Eu sei como está a minha aparência. Mas eu também posso ser um cavalheiro e sei dançar muito bem.

Qualquer que fosse a razão, por um ato de rebeldia ou de constrangimento, ela concordou. E ele a escoltou em meio a olhares fixos e sussurros.

E lá estavam os dois, dançando ao som de graciosos acordes de um outro mundo. Podiam ser qualquer homem e qualquer mulher naquela luz indescritível das possibilidades, mas não eram. Ela olhou o rosto dele, sem pressa e sem julgar. Ele era o retrato da angústia pessoal e logo as lágrimas assomaram aos cantos dos seus olhos. Ela falou:

— O senhor está...

— Eu sei. Hoje eu vi o meu filho pela primeira vez, em quase 15 anos.

— O senhor deve estar muito contente.

— Eu o abandonei e à mãe dele. Ela era morena, como a senhora. Já morreu há muito tempo.

Esse olhar repentino e inesperado na alma de outra pessoa a deixou constrangida. Ela tentou dizer algo útil.

— Talvez o seu filho seja capaz de perdoá-lo...

— Não. Veja bem... o meu filho também sabe que eu sou um assassino.

A dança parou. Ele viu a confusão dela, misturada com medo. Ele agradeceu e depois foi embora.

JOHN LOURDES ESTAVA sentado a uma mesa da cafeteria do lado de fora do Southern. Estava vigiando três homens e escrevia em seu caderninho quando o pai voltou. Ele assobiou e acenou para ele.

— Onde é que você esteve?

O pai se sentou.

— Dançando, Sr. Lourdes.

O filho se aproximou dele.

— Os três homens da porta de entrada. Um deles está de terno branco.

O pai estivera estudando o rosto daquele estranho sentado perto dele, à luz da nova realidade depois da descoberta. Ele então ergueu o olhar através de uma fila de rostos iluminados pelas velas, na direção de onde os três homens conversavam sobre seus copos de uísque.

— O de terno branco — disse John Lourdes — se chama Robert Creeley. Ele faz parte do consulado americano aqui no México. Os homens que estão com ele... — John Lourdes consultou suas anotações — ...se chamam Hayden e Olsen. Ocupam as suítes ao lado da de Creeley. Eu não sei o que eles fazem.

O pai voltou a olhar o sangue de seu sangue.

— Eu subornei uma pessoa da recepção... Usei uma parte do seu dinheiro.

— Muito prático — disse o pai.

— Aqueles três estavam na casa do prefeito esta noite, com várias outras pessoas. Duas delas eram Stallings e Anthony Hecht.

Rawbone se recostou na cadeira. Stallings. Podia sentir a presença do homem em cima dele naquele instante. A vela na mesa fazia desenhos abstratos. Ele olhou para a chama.

— Você me ouviu?

— Ouvi — respondeu o pai.

— O que você falou com o Stallings?

Em vez de responder, o pai perguntou:

— O que o senhor foi fazer na casa do prefeito?

— O Stallings mandou a garota e a senhora mais velha para lá, para trabalhar. Fui ver se estava tudo bem com elas. E vários homens, mais de uma dúzia, estavam tendo uma conversa muito acalorada. Todos estavam juntos. O que isso quer dizer?

John Lourdes estava se fazendo essa pergunta e o pai respondeu.

— Isso significa que os Cains estão se preparando para se erguer contra Abel.

A frase era incisiva, mas enigmática, e John Lourdes queria saber o que Rawbone pretendera dizer com aquilo, quando o recepcionista veio até ele.

— Sr. Lourdes, a ligação que o senhor estava esperando.

Ele agradeceu ao homem e lhe deu uma gorjeta.

— Vamos.

O pai se levantou, bebeu o que restava da cerveja no copo de Lourdes e foi atrás dele. Na recepção, havia um telefone fora do gancho. John Lourdes atendeu e ficou ouvindo e logo começou a tomar notas no caderninho.

O pai ficou esperando mais para perto do bar. De lá, podia observar Creeley e os outros dois. Calculava como proceder dali e se devia contar ao filho sobre a conversa que tivera com o bom médico. Sabia que seria determinante para John Lourdes.

Voltou a atenção para o filho. Todos aqueles anos imaginando como seria aquele encontro e ele já tinha acontecido, no lobby de um edifício em El Paso. "Tem que encarar as armas de frente se quiser ser alguém nesse mundo."

John Lourdes terminou a ligação e perguntou:

— O caminhão está aqui perto?

— Está.

— Então vá pegá-lo e me encontre lá na frente.

John Lourdes estava na rua com a mochila e a espingarda quando o caminhão apareceu. Ele entrou. Rawbone percebeu a espingarda. O filho tinha anotado o destino no caderno.

— Arbol Grande. Sabe onde é?

— Sei.

Ele dirigiu pela avenida onde corriam os trilhos do bonde. Marcando o caminho, estavam as grandes colunas de fumaça cinzenta da refinaria da Standard Oil. Enquanto dirigia, John Lourdes contou o que tinha ouvido naquela despensa cheia de lodo. O prefeito de Tampico estava recebendo ameaças por causa de sua obediência ao atual regime. Implorava por mais apoio e proteção. E a maneira como ele colocava esses pedidos não era mais do que uma ameaça velada, com a sua sobrevivência correndo em paralelo com a dos campos de pe tróleo, já que ambos eram vulneráveis a atos de violência. Ele também insinuou que o novo regime poderia ter um ponto de vista diferente em relação às companhias de petróleo, de como elas poderiam ser tratadas ou tributadas. Ele não poderia garantir, nessas condições, o mesmo tipo de tratamento favorável que vinha dispensando. Ele usava frequentemente a expressão "intervenção direta americana" com o significado de segurança e controle.

Creeley, o cavalheiro que estava no Southern, disse ao prefeito que um caso de intervenção americana teria que ser construído com muito cuidado e, para esse fim, acrescentou extraoficialmente, que uma investigação do terreno já podia estar em andamento.

Rawbone ouviu aquilo tudo e a razão mais fria lhe dizia que nada de bom poderia sair de uma coisa dessas. Cheirava muito a Cuba, a Manila, e à lei dos maus argumentos fracos. Tudo o que ele disse foi:

— A espingarda.

John Lourdes olhou a espingarda em seu colo.

— A gente vai se encontrar com alguém esta noite, sobre aquelas armas.

TRINTA E DOIS

AO LONGO DO rio Panuco, tudo parecia ser tocado pela fumaça das refinarias. Os prédios que apinhavam o litoral até onde a vista se estendia estavam todos cercados de melancolia. O trilho do bonde passava por cima de um canal que ligava a laguna ao Panuco. Ali, a região era escura e selvagem. John Lourdes tirou a lanterna da mochila e o caderninho em sua mão se iluminou.

— É aqui.

O caminhão estacionou no meio do bambuzal. Rawbone ficou ali sentado, perturbado, e checou sua automática.

— Quem foi que ligou para o senhor?

— Faz diferença que nome usaram?

A pergunta batia direto na essência da existência de ambos os homens.

— Não.

Ficaram sentados em silêncio por algum tempo.

— Por que nós estamos aqui, fazendo isso? — perguntou o pai. — Foi o senhor mesmo que pediu?

— Foi.

— E por que foi que o nosso bom doutor não deu as armas para a gente? Para a gente entregar logo. O senhor já se perguntou isso?

— Já.

— E tem alguma resposta engatilhada?

— Não. Mas acredito que a resposta possa me colocar sob a mira de um revólver engatilhado.

O filho desligou a lanterna e acendeu um cigarro. O pai saiu do caminhão. Ficaram esperando.

— O senhor foi criado em El Paso, não foi, Sr. Lourdes?

— Fui.

— No *barrio*?

— No *barrio*.

Ele não podia ver o filho, do lugar para onde Rawbone tinha ido, no bambuzal. Só via a ponta acesa do cigarro de John Lourdes.

— Lá tinha uma fábrica — disse o pai, como quem não quer nada —, que costurava bandeiras americanas. Eu tinha uma casa ali perto, mais acima na rua. Sabe do que eu estou falando... da fábrica...?

— Eu acho que me lembro.

— Hoje é só uma ruela cheia de postes telefônicos. Tem uma casa de penhor numa esquina e uma loja que vende armas na outra, que foi onde eu comprei essa Savage um dia antes da... boa sorte... de nós termos nos encontrado.

Ele hesitou. Só havia o som da água correndo pelo canal em direção ao rio e ao Golfo, mais além. Como homem, o pai se sentia totalmente arrasado, como um prédio que esperava ser atingido por uma bola de demolição.

— A minha mulher já morreu, mas eu tenho um filho. O que o senhor acha, Sr. Lourdes? Quando eu voltar para El Paso... será que devo procurar por ele? O senhor me conhece. Sabe como eu sou. O que o senhor acha dessa ideia?

A cinza na ponta do cigarro brilhou intensamente no escuro, mas não se mexeu, nem 1 milímetro. Ficou fixa, como uma estrela no céu noturno.

— Eu também não responderia, Sr. Lourdes. Os chineses têm razão. O silêncio é de ouro. A menos, é claro, que você esteja falido.

Eles continuaram esperando naquele mato seco. Cada homem sozinho em sua existência selvagem. Da laguna veio o som de um motor. Eles puderam ouvi-lo entrar no canal.

— Tom Swift e seu barco a motor — disse o pai —, no lago não sei o quê*.

John Lourdes atirou fora o cigarro. Saiu do caminhão. Direcionou a luz da lanterna para o canal. Uma voz gritou em espanhol:

— *Jefe.*

John Lourdes respondeu e o motor foi desligado, enquanto o caminhão descia até a costa.

---

* Referência ao livro *Tom Swift and His Motor Boat*, da série de livros com o personagem Tom Swift, criado pelo americano Edward L. Stratemeyer, (*N. do E.*)

O filho se aproximou do canal, com Rawbone a alguns passos a seu lado. Do barco, um homem subiu para a margem e o outro continuou na embarcação. Ele se apresentou. Seu nome era Mazariegos. Tinha um rosto ossudo, os olhos cortantes e falava um inglês formal. John Lourdes deixou o raio de luz iluminar o barco por tempo suficiente para ver que o homem que estava lá era o prefeito e cochichou isso para Rawbone.

Mazariegos levava uma lanterna na mão. Antes de começar a discutir os acertos, ele a acendeu e deixou ligada. De trás da ponte do bonde, três homens a cavalo saíram do bambuzal. Desapareceram perto da margem do canal e ressurgiram entre os salgueiros da costa, com os cavalos roncando e sacudindo a água. Eram camponeses e estavam fortemente armados.

Mazariegos estava ali para acompanhar as discussões, mas como tanto John Lourdes como Rawbone falavam espanhol fluentemente, as conversas foram diretas e sem rodeios. O preço da munição já havia sido acertado com outras pessoas. A questão agora era onde e quando. O "onde" ficou determinado como a ponta da laguna, no lugar onde ela desaguava no canal. Os campesinos trariam os barcos, pois eles lhes ofereceriam muitas possibilidades de rotas de fuga, se houvesse algum problema.

"Quando" seria a noite seguinte. John Lourdes estava quase aceitando, quando Rawbone se interpôs. Ele queria que fosse dali a três noites, já que o tempo extra era fundamental para garantir uma entrega segura. Os dois lados bateram pé, e assim ficou a cargo de Mazariegos encontrar um meio-termo e fechar em duas noites, a partir daquela.

* * *

— O PREFEITO exige proteção — comentou Rawbone. — Assim, Stallings garante a segurança dele exatamente contra as pessoas com quem ele está negociando as munições.

Estavam ao lado do caminhão depois de todos terem ido embora. O que um não podia imaginar, o outro tinha certeza.

— Sr. Lourdes, ou o senhor não tem muita experiência, ou não é suficientemente cínico.

— Com o devido desdém e egoísmo, eu aposto que posso chegar ao seu nível.

— O senhor não está entendendo, Sr. Lourdes.

— Não estou?

O pai foi até ele. Pegou o filho pelo colarinho, de uma maneira desdenhosa, mas educada.

— Sr. Prefeito, posso resolver os seus dois problemas. Eu quero que o senhor espalhe a história por aí. Eu arranjo as suas armas. O senhor faça esses camponeses pensarem que está silenciosamente do lado deles. Mostre a sua melhor cara de político. Depois que o senhor entregá-los, nós cortamos a porra da cabeça deles. O que lhe parece, Sr. Lourdes?

— Parece... possível.

— Se um peru soubesse ler um calendário, não haveria Natal. Sr. Lourdes, o senhor mesmo me disse que ouviu o prefeito fazendo ameaças veladas pelo canto da boca ao mesmo tempo que pedia proteção pela outra. Ele está no meio de um conflito de interesses. Eu lhe digo que eles têm o prefeito sob a mira dos revólveres. A aplicação prática de uma estratégia... Eles querem impor a ordem e estão preparando o terreno para uma intervenção. Esses campos de petróleo são muito valiosos para o futuro.

Rawbone dirigiu de volta até o Southern, enquanto John Lourdes ficava sentado ao lado dele, consultando silenciosamente seus pensamentos. Por toda a estrada, quando passavam pelas ocasionais luzes de prédios na calçada, Rawbone estudava o homem que era seu filho. O menino que ele jogara fora tinha desafiado o crime da oportunidade. Ele não havia sido destruído ou explorado pelas leis de uma gravidade vil.

Entraram no saguão do Southern. Agora era a hora dos gaviões e os casais se esfregando nos cantos silenciosos. Um cavalheiro tocava piano suavemente no bar. Rawbone parou no meio do saguão e pegou John Lourdes pelo braço, para que pudessem conversar por um instante.

— Saia daqui. Afaste-se. Você já fez o que tinha que ser feito. Até mais do que tinha que ser feito. Isso é uma armadilha, Sr. Lourdes. E nunca vai terminar do jeito que o senhor imagina. Seja lá o que eu for, conheço esse mundo.

Rawbone foi até o bar e pediu um uísque com 50% de álcool. Ficou sozinho no escuro, de mau humor. Tinha chegado a um lugar na vida que ele não poderia ter imaginado. Um lugar que ele não podia admitir que existia, nem ultrapassar. O filho jamais o aceitaria e ele não discutiria com aquilo. Ele provaria quem era, se agarraria à situação, não porque fosse certo ou errado, mas porque essa era a vontade de John Lourdes e ele colocaria a sua vontade no mesmo nível da dele.

Enquanto um copo normalmente usado para água era colocado à sua frente com uma dose letal de álcool, o dinheiro era jogado no bar. Ele levantou os olhos para ver John Lourdes se esgueirar para a cadeira ao lado dele. O pai estava com o rosto franzido, de uma maneira que o filho nunca havia visto antes.

— Nós podíamos fazer isso amanhã à noite — declarou o filho. — Por que pedir mais tempo?

O pai tomou um gole do uísque. Então, pousando o copo na mesa, falou:

— Eu esperava comprar um pouco de tempo para o senhor mudar de ideia.

O filho cruzou os braços sobre o bar de mogno. Olhou o pai pelo espelho que ficava atrás das garrafas.

— Sr. Lourdes, daqui a cem anos existirão duas pessoas sentadas aqui, como nós. Uma pode ser um agente federal do Bureau of Investigation, como o senhor, e a outra pode ser um assassino comum como este seu criado, e elas estarão em mais uma Manila ou mais um México e diante do mesmo veneno que nós estamos.

"Agora existem dois governos, Sr. Lourdes. Um que controla a Casa Branca, e outro que controla todo o resto."

John Lourdes se virou um pouco. Pegou o copo do pai. Bebeu um pouco.

— Sr. Lourdes, o senhor realmente acha que eles vão permitir que a munição seja entregue?

— De jeito nenhum.

John Lourdes pôs o copo no bar. O pai tinha sentido uma atitude na voz do filho, um brilho na maneira como ele olhava. É, reconheceu Rawbone, é isso aí. Era um pedaço de si mesmo. O pedaço que desafiava as leis dos homens. De alguma maneira, ele tinha atravessado o canal de nascimento e entrado na alma de John Lourdes.

— Tem um nome para isso que o senhor está pensando... pode-se chamar de loucura... pode-se chamar de intervenção... mas certamente não é o que o juiz Knox imaginava.

Os dedos do filho coçaram o queixo barbado. Sua mente estava procurando alguma reserva particular.

— O que é necessário... senão simplesmente fazer justiça?

— Sr. Lourdes, pegue o Pai-Nosso e ponha-o em volta do seu pescoço, e o senhor vai descobrir que ele não vai impedi-lo de ser enforcado.

O filho agora ficou bem próximo do pai, tão perto que eles se tornaram quase um só.

— Eu ouvi você lá no canal.

O pai sentiu as entranhas estremecerem.

— E eu ouvi você mais cedo, quando nós estávamos lá fora, fugir da resposta sobre o que você e Stallings conversaram, depois que eu saí.

— Aquilo.

— E eu vou machucar você de uma maneira que jamais poderia imaginar.

— Bem, Sr. Lourdes, isso seria uma façanha.

John Lourdes se levantou.

— Eu vou confiar no senhor. Não como um agente do Bureau de Investigation. Mas como homem. É assim que eu vou machucar você.

John Lourdes pegou o copo do pai e bebeu até o fim. Depois, colocou o copo de cabeça para baixo, no bar.

— *Finito, jefe.*

Ele pegou sua mochila e sua espingarda e começou a sair.

— Sr. Lourdes.

O filho se virou.

— O senhor nunca me chamou pelo meu nome. Eu percebi. Não me chamou nem uma única vez.

— E eu nunca vou chamar.

O pai assentiu.

— Faz sentido.

TRINTA E TRÊS

UMA TEMPESTADE ATINGIU o Golfo naquela noite. Na manhã seguinte, a maré tinha passado por cima dos bancos de areia e do quebra-mar e o rio ficou agitado demais para ser navegado. Perto do Southern, nos atracadouros do Panuco, havia uma feira a céu aberto que se estendia por vários quarteirões. Muitas das barracas tinham tetos ondulados. Rawbone se protegeu da chuva ao lado de um vendedor de chás e cafés que podiam ser batizados com mescal caseiro. Ele esperava Stallings, que se aproximava pela rua cheia de limo.

Rawbone vestia uma longa capa impermeável preta e seu guarda-chuva estava inclinado, de modo a protegê-lo da chuva. Estava encostado num poste e bebendo de sua xícara escaldante, quando Stallings se juntou a ele. Nenhum dos dois falou. Stallings sacudiu a água do guarda-chuva e o fechou Perguntou:

— O senhor vai me contar sobre ontem à noite?

Rawbone bebeu mais um pouco, sem responder.

A chuva batia a toda nas coberturas onduladas, fazendo o barulho de um tambor. E das chamas para aquecer o café e combater a umidade, o ar estava denso e abafado.

Rawbone finalmente respondeu:

— Quando nós estávamos no trem, o senhor falou uma coisa que eu não esqueci.

— Que nós estávamos aqui por uma questão de...

— Grandeza e objetivo — interrompeu-o Rawbone. — Foi exatamente isso. Nós vamos falar da noite passada. Mas antes... vamos falar dos objetivos.

JOHN LOURDES ESTAVA sentado à mesa de seu quarto de hotel, dobrando uma carta para o homem que era seu pai. Olhou as águas agitadas do Panuco, enquanto esperava pela volta de Rawbone. Naquela manhã ele saíra de motocicleta, desafiando a chuva. Tinha ido até os campos de petróleo com seus trabalhadores encharcados e sujos de fuligem, suas mulheres em cafeterias de papel alcatroado e seus armazéns sufocantes, seus índios em carretas sem segurança alguma e vagões de ferro-velho, relegados aos trabalhos mais ignóbeis. Só existiam sob o jugo da lealdade imposta. Uma luta do fútil contra o feudal, que foi o que levou sua mãe a se mudar para os Estados Unidos. Foi por isso que ela entrou em vagões de carga e caminhou sobre depósitos de lixo para atravessar o Rio Grande e ficar nua no galpão de fumigação, só para chegar à promessa de liberdade e oportunidade.

Ele pensava em sua mãe enquanto estava sentado na motocicleta parada na chuva, no mesmo morro onde Díaz e seus asseclas apareciam no filme, que eles usavam para mentir para o mundo sobre o estado da nação mexicana. E John Lourdes, sob um longo trovão, pôde ver o quanto ele fora parte da viagem dela. Ele não só fora um agente de suas esperanças, mas a eterna razão de seus sacrifícios em direção à liberdade e à oportunidade.

Os raios iluminavam o outro lado da janela, enquanto John Lourdes enfiava suas anotações no envelope junto com a carta, e a pousava na mesa. Ele bebeu uma cerveja e fumou e ficou olhando para a chuva torrencial, até a maçaneta na porta girar.

Rawbone tirou seu chapéu encharcado e o colocou sobre a escrivaninha. Pendurou o casaco na porta do armário. Caminhou e se sentou numa poltrona no canto mais distante do quarto, tudo isso sem dizer uma palavra.

— É o prefeito? — perguntou John Lourdes.

O pai respondeu num tom reservado, consciente do efeito das palavras que diria.

— Nós devemos pegar a munição no fim da tarde e entregar tudo na hora e no lugar marcado. Temos que matar os homens que vierem buscar e então ir até a casa do prefeito. Dizem que tem uma garagem para carruagens na propriedade. Devemos deixar a munição lá...

— O quê?

— Nós devemos deixar a munição lá. O prefeito estará em casa. Aí, nós devemos matá-lo. E matar todas as pessoas que estiverem na casa, quem quer que seja, para não deixar nenhuma testemunha.

E agora eles estavam sentados, sabendo o que iria acontecer. A chuva batia forte na janela. Gotas que pareciam trazer o peso do tempo.

— Acredito que Stallings tenha mandado aquelas mulheres trabalharem lá, sabendo perfeitamente o que iria acontecer. A atitude que elas tomaram no deserto fez com que elas ficassem marcadas. E o senhor também. O nosso amigo médico me perguntou se eu podia confiar inteiramente em você.

John Lourdes se recostou na cadeira.

— E o que foi que você disse?

— Que eu só confiava inteiramente em mim mesmo.

John Lourdes examinou a situação.

— Com isso, você o autorizou a meter uma bala na minha cabeça.

— E o senhor faria alguma coisa de diferente?

John Lourdes fez que não com a cabeça. Afinal de contas, era a aplicação prática de uma estratégia.

— Se o bem-estar da garota significa alguma coisa para o senhor, tire-a de lá. E, depois, pode cair fora daqui, Sr. Lourdes. O senhor já fez mais do que esperavam.

John Lourdes se levantou. Pegou o envelope, cruzou o quarto e o colocou na cama, apoiado na trouxa do pai.

— O que é isso?

— Uma carta para o juiz Knox. Eu autentiquei em cartório, para que não haja nenhuma dúvida da veracidade dela. O meu caderninho também está aí.

O pai suspirou profundamente. Olhou a carta.

— Eu pus o filme que eu tirei da funerária na sua trouxa.

— Na minha trouxa?

O pai escorregou para fora da cadeira e pegou o envelope, mas hesitou na hora de abri-lo. Em vez disso, encarou o filho com um olhar sério.

— Essa carta diz que o senhor ganhou a sua imunidade. E eu preciso ter certeza de que as minhas anotações vão voltar. Isso eu deixo por sua conta.

O pai tentou absorver tudo aquilo e compreender.

— Ontem à noite, no bar. Eu estou entendendo.

John Lourdes voltou para a mesa. Pegou a cerveja aberta e bebeu.

— Sr. Lourdes, por que o senhor está fazendo isso?

John Lourdes olhou para fora da janela.

— Você fez por merecer. E eu vou ficar.

— Não foi isso o que eu perguntei e o senhor sabe disso, Sr. Lourdes.

Como é que ele poderia explicar sem se explicar? Ou falar de uma garota surda, que, com algumas simples frases, falou do puro perdão. Como é que ele poderia se abrir sobre a mulher que o homem do outro lado do quarto abandonara, para quem não havia mal tão grande que ela não pudesse perdoar, porque o eterno, e não o efêmero, era a sua estrela-guia? E como é que ele poderia explicar aquele lugar dentro dele, onde o assassino comum que se sentava entre os mortos ouvindo uma música e o maluco que sequestrava jacarés para impedir que eles morressem congelados no frio do Texas se mantinha, na ausência de tudo o mais, se recusando a morrer?

— Sr. Lourdes... por que o senhor está fazendo tudo isso?

Virando-se, John Lourdes, com o rosto e a voz firmes, respondeu:

— Enquanto você estiver vivo, nunca ouse me perguntar isso. Agora, pegue essa carta e vá embora.

O pai olhou para baixo, para o envelope. Ele tinha sido totalmente esvaziado, tendo nas mãos apenas o estritamente necessário — e nada mais. O filho estava certo. Ele o tinha machucado de um jeito que ele nunca havia imaginado.

— Como quiser, Sr. Lourdes.

Quando ficou sozinho, John Lourdes direcionou seu foco para a força das correntes obscuras as quais teria que confrontar. Ele saiu do quarto para ter certeza de que estava tudo bem com o caminhão, com gasolina suficiente e peças extras para uma fuga. Depois que a noite caiu, ele dirigiu pela chuva até a casa do prefeito e esperou no meio das árvores molhadas. Quando a irmã Alicia saiu da cozinha para o defumadouro perto do caminhão enferrujado, ele procurou ser o mais discreto possível. Aproximando-se da mulher, que nem desconfiava de nada, ele colocou a mão em sua boca para fazê-la se calar. Tinha um bilhete para ela e para Teresa, e exigiu que ela jurasse que não contaria nada a ninguém. Elas tinham que acreditar e esperar.

Dormir foi impossível. Ele passava de uma conjuntura ruim para a outra, planejando uma estratégia de sobrevivência, e durante todo esse tempo a sombra de seu pai estava com ele em seus pensamentos, nas suas palavras e nas suas ações.

Não houve amanhecer, só a chuva insistente. Não havia sol, só um céu cinzento. Não houve entardecer, só uma bruma que cobria tudo.

O caminhão estava estacionado numa ruela atrás do Southern. John Lourdes colocou sua mochila na cabine e deixou a espingarda e o rifle ao alcance da mão. Ele ligou o motor e jogou fora o cigarro, depois engrenou uma marcha e subiu a ruela no meio de uma neblina úmida, em direção à rua. Sua mente estava no máximo da atenção quando o homem que era seu pai saiu de uma última entrada.

A silhueta de Rawbone estava parada na frente do caminhão. John Lourdes freou e jogou as mãos sobre o volante. O pai foi até o lado do motorista e falou, em voz baixa:

— Sr. Lourdes, eu sei quem eu sou... e sei quem você é. E eu lhe peço... guarde um lugar para mim nesse caminhão.

Os músculos no rosto do filho contraíram-se de uma maneira repentina e inesperada. Ele sabia, sem sombra de dúvida, que um momento como esse nunca mais aconteceria. Ele fugiria de toda e qualquer chance, todo e qualquer desejo, se não o agarrasse agora. Sem uma palavra, John Lourdes deslizou para o carona. O pai jogou tudo o que possuía nesse mundo no chão da cabine, postou-se atrás do volante e começou a dirigir.

TRINTA E QUATRO

A ESTRADA PELOS CAMPOS de petróleo estava coberta de lama, as sondas eram meros objetos de especulação no meio da névoa. O complexo de Agua Negra estava quieto, a não ser por um punhado de sentinelas. A autorização para alguns profissionais liberais pegarem o material de um depósito de gelo já estava na mão. Mas, nesse caso, não havia conhecimento de embarque, nem uma trilha de assinaturas, nem comprovantes de que o carregamento tinha sido recebido em boa ordem. O processo não tinha rostos e o carregamento do caminhão foi um ato monótono e repetitivo.

O pai perguntou ao filho como é que aquela noite deveria transcorrer. John Lourdes disse que ele já havia avisado às mulheres com um bilhete, mandando que elas se aprontassem para sair essa noite e que a sobrevivência delas dependia disso. Lá, ele avisaria o prefeito e o tiraria de lá. Então ele entregaria as armas e esperava fugir de Tampico vivo.

— Você tinha razão — disse o filho.

— Sobre o quê?

— Sobre exatamente o que tanto preocupava o juiz Knox. Eu. O meu caráter, no que dizia respeito à... aplicação prática de uma estratégia.

Rawbone agora estava vendo a vida de seu próprio filho.

— O mundo é um lugar muito traiçoeiro, Sr. Lourdes. São muitos gestos e muitos favores. Por isso, vou esperar para fazer meu julgamento.

John Lourdes olhou para o pai.

— Você está tentando me dizer alguma coisa.

— Eu não preciso nem falar e você já ouve.

Tampico estava coberta pela neblina e o rio, preto e bravio. As luzes das janelas guiavam o caminhão através do cinza-escuro das ruas, enquanto o pai prosseguia.

— Quando eu estava em Manila, os rebeldes improvisaram uns explosivos. Eles queriam explodir o enterro de um general americano chamado Lawton. Os cônsules de vários países estariam presentes. E também políticos e personalidades. Eles queriam criar um incidente. E não é isso o que Stallings e os outros estão fazendo, para justificar uma intervenção?

— Aonde é que você está querendo chegar?

— A aplicação prática de uma estratégia. Talvez o prefeito e as mulheres tenham que morrer...

Tudo passou a acontecer muito rápido depois disso. Enquanto o filho aguardava no caminhão, o pai andou pelo terreno com uma espingarda. Só havia um grupo pequeno nas sondas. Eram uns tipos durões, mas o pai os convenceu, apontando a espingarda, a "educadamente se retirarem da vizinhança". Quando o filho os viu se espalharem pelo matagal da laguna, deu um passo à frente.

Segundos depois, estavam dentro da casa. A cozinheira gritava, o pai perguntou pelo paradeiro do prefeito. Depois ela disse que ele estava tomando banho em seus aposentos particulares, John Lourdes fez com que Alicia pegasse todas as mulheres e as colocasse no caminhão. Então, pegou Teresa pela mão e a tirou de lá.

O prefeito quase desmaiou quando um encrenqueiro com uma espingarda invadiu o banheiro enquanto ele tomava banho. Parecia um dândi acovardado, cobrindo suas partes nobres. Esticando a mão por baixo d'água, Rawbone o agarrou pelos cabelos e disse, sem hesitação:

— Pelo jeito, essa é a última coisa que você tem que se preocupar em proteger.

O prefeito implorou pela própria vida com as mãos entrelaçadas, enquanto Rawbone o arrastava pelo quarto, gritando acima dos pedidos do outro para explicar que maldita infelicidade estava acontecendo.

Cinco mulheres e um criado se espremiam no caminhão, quando a porta de tela foi aberta com um chute, quase pulando para fora das dobradiças. Rawbone vinha arrastando o prefeito. Ele continuava nu e descalço, mas se agarrava a um colete e às calças. Todo ensopado e tremendo, ele teve que ser empurrado a pontapés para a carroceria do caminhão.

Rawbone passou pela torre e abriu o portão do curral ao redor do caminhão enferrujado e disparou dois tiros para o ar, a fim de espantar as cabras, os cavalos e as mulas. Gritou para aquela horda de fujões:

— Um dia vocês ainda vão me agradecer, seus ingratos.

Voltou ao caminhão e jogou a espingarda no banco da cabine, bateu palmas com as mãos e gritou:

— Conseguiu o que eu pedi?

John Lourdes jogou para ele dois pacotes de dinamite que ele tinha acabado de amarrar.

— Sr. Lourdes, leve esse povo para longe daqui.

Enquanto o caminhão corcoveava para a frente e avançava aos pulos, sacudindo vigorosamente, Rawbone acendeu uma banana e a atirou na cozinha. Então ele desceu até as sondas pela ladeira escorregadia. Acendeu o outro pavio e o colocou no deque.

Tinham acabado de entrar na estrada do bonde quando a primeira explosão aconteceu. Não se passou nem um minuto quando os poços explodiram e as chamas se elevaram no meio da neblina, talvez por uns 70 metros. O petróleo estava pegando fogo e a fumaça começou a pairar sobre os telhados e sobre a laguna. Rawbone gritou para o prefeito, que procurava desesperadamente vestir as calças:

— Ei, Alcalde... olhe só aquele fogo. Você e essas bruxas aí agora estão oficialmente mortos. Como é que você se sente?

O SINAL DEVIA ser uma lanterna colocada no alto de um posto, onde a laguna se juntava com o canal. O mato ali tinha a altura de um homem e eles ficaram escondidos com o caminhão.

Como pretendia voltar ao Texas, John Lourdes escreveu o endereço de Wadsworth Burr e da sede do BOI, para que Teresa pudesse informar a ele onde poderia ser encontrada.

Teresa tinha 16 anos e estava sendo jogada na selva sem nada. Ele sentiu uma forte apreensão, junto com a sensação de despedida. Ela apertou a mão dele e o que ela sentiu e o que viu no rosto dele fizeram com que se inclinasse e o beijasse.

Rawbone falou na escuridão:

— Os barcos estão chegando!

Não dava para ver; só havia o barulho ritmado dos remos em algum lugar da bruma. John Lourdes apontou para o ouvido e seus olhos se dirigiram para a laguna. Ela entendeu e se esticou um pouquinho para ver. Ele ainda segurava a sua mão e ela colocou a outra sobre a mão dele, e eles continuaram assim até que os barcos apareceram em tons vivos, saindo do meio daquele cinza mortal. Ela pediu o lápis e escreveu: *Darei um jeito.*

Enquanto Rawbone ia até a margem, para tentar explicar o que eles haviam escondido no matagal, John Lourdes pegou a carteira e tirou de lá o crucifixo. Colocou a lembrança dourada na mão de Teresa e ela se lembrou daquela primeira noite na igreja de Juárez, quando escreveu no caderninho. As oportunidades para se expressar mais alguma coisa desapareciam conforme os barcos atracavam na costa.

No complexo de Agua Negra, Stallings recebeu por telefonema a informação de um incêndio num poço no litoral norte de Tampico. Um mau pressentimento tomou conta dele na hora em que perguntou o lugar. Convocou um pelotão de homens sob o comando de Jack B e eles foram de carro até o local.

A casa tinha sido quase consumida, as sondas haviam evaporado e o caminhão enferrujado brilhava de tanto calor. Paredes inteiras de chamas se reviravam, enquanto consumiam o ar. O médico recebeu a informação de um dos operadores da sonda, que havia fugido. Ele descreveu um homem com uma espingarda e de chapéu, cuja aparência dava pouca margem a dúvida.

Stallings fez com que Jack B e parte da equipe vasculhassem o terreno e a laguna procurando corpos. Do lado mais distante da casa que desabava ficava a garagem das carruagens. Só ela havia sido salva, porque o vento impedia as chamas de chegarem até lá. Com os rostos escondidos atrás de bandanas, Stallings e alguns homens abriram a pontapés as portas trancadas. A garagem estava escura e entupida de fumaça e Stallings podia ouvir Rawbone falando em sua cabeça: "vamos falar dos objetivos"

TRINTA E CINCO

Eles viram dois barcos a remo desaparecerem na luz da noite, numa neblina nácar, com a carga de munição, as mulheres, um prefeito despenteado e seminu e seu criado.

— Ontem ele teria se livrado daqueles camponeses, se a sobrevivência dele dependesse disso. Hoje, ele é um deles. Essa... é a aplicação prática de uma estratégia. Sr. Lourdes... o prefeito me lembra eu mesmo. Com exceção das partes nobres.

John Lourdes esperou e ficou escutando até desaparecer o último murmúrio dos remos sendo girados. Agora ele estava no volante. Seu destino: a escuridão e a fuga. Eles tinham razão em acreditar que a vantagem do tempo estava do lado deles, mas um pouco de azar e um vento desfavorável haviam desfeito essa vantagem.

Stallings já havia saído à caça. Chamou a guarnição de campo e ordenou que grupos de homens motorizados ou a cavalo vasculhassem as estradas na região de Tampico em busca de um caminhão de três toneladas, com as palavras AMERICAN PARTHENON nas laterais. Os postos dos oleodutos locais e os armazéns foram alertados pelo telégrafo para ficarem de olho em dois suspeitos de um possível caso de assassinato e sabotagem. Quanto a informar às autoridades mexicanas, Stallings esperou até ter certeza absoluta da vantagem política.

Pai e filho se dirigiram para o interior em direção a San Luis Potosí. Um rio de estrelas apareceu magnífico através da névoa que se desfazia. À fraca luz de um edifício na linha de um oleoduto, as mudanças de marcha do caminhão chamaram a atenção de um vigia, que ficou na estrada enquanto o caminhão passava por ele. Rawbone tocou na ponta do chapéu olhando o velho, num gesto de boa-noite.

O alerta foi passado por telégrafo e com isso um grupo de homens armados partiu naquela direção. John Lourdes e Rawbone retiraram a pequena caixa de armas que tinham escondido. Se chegassem à cidade, o plano era vendê-las, para financiar uma fuga até a fronteira.

Eles continuaram dirigindo através de um vazio sem fim, com a sombra de uma sonda banhando um oceano de creosoto. De repente, uma espiral se ergueu pondo fogo no céu atrás deles.

— Sr. Lourdes, o 4 de julho está em cima da gente.

John Lourdes parou o caminhão e se virou no assento. Um rastro de fogo subia aos céus quilômetros atrás deles, mas, antes que ele morresse, mais outro, bem no oeste, também se erguia aos céus.

— Estão nos marcando — disse John Lourdes.

Rawbone dirigia, enquanto John Lourdes se sentava com a lanterna e um mapa, planejando uma nova rota para despistá-los e impedir a captura. Mas, mesmo no escuro, a busca prosseguia, com as chamas marcando os céus pretos como carvão, determinadas e dominadoras.

Pai e filho continuaram andando na noite escura e selvagem, caçados como imigrantes sem nome, subindo solitariamente por quilômetros de pinheiros e pedras bem-delineadas. Ao longo dos trechos desgastados das estradas das minas e das trilhas de mulas, o caminhão conseguiu subir como um animal lento e enorme, na direção dos bancos de nuvens. Na encosta, eles detonaram o caminho atrás deles, para atrapalhar a vida dos perseguidores. Mas, mesmo assim, antes do amanhecer, numa nascente na entrada de uma planície nua, eles podiam ver uma fila de faróis atravessando a face escura da rocha, de uma maneira regular e ordenada. De lá, um jato de fogo se ergueu.

Pai e filho vasculharam o solo do deserto e da região e, na lateral, subiu um fogaréu como resposta, seguido por um outro, nas plataformas distantes de uma planície. Seus perseguidores estavam fechando o cerco com a determinação punitiva de algum deus mitológico.

Enquanto o pai enchia os cantis e abastecia o caminhão com um tambor, John Lourdes estudou o mapa. Mas viu que já não havia mais remédio, por isso jogou-o num leito de rio raso, onde ele flutuou um tempinho, antes da tinta desaparecer e o papel afundar.

— É por aqui... ou por ali.

O pai olhou na direção onde a luz de um fogaréu se erguia, depois de um dia inteiro fugindo pela poeira no solo ladeado por morros sem vento.

— A escolha é sua, Sr. Lourdes.

— Eu acho que nós devemos cobrar caro por nosso sangue.

Entraram a toda no vazio, onde a escuridão se esvaía, a terra se avermelhava e o ar chegava a sufocar de tão seco. Rawbone estava na carroceria, preparando a metralhadora .50 no tripé. Ele tinha esticado uma cobertura sobre uma parte da carroceria. Tirando o chapéu, ele amarrou uma bandana em volta da cabeça. John Lourdes assobiou e seu pai se virou.

A oeste, subiam colunas finas de fumaça. Uma chama partiu como uma flecha na direção de onde estava o caminhão. Por trás deles veio mais outra. Do canto mais distante, outra. As chamas os encurralavam e com isso o filho olhou o pai. Seus rostos estavam lanhados e manchados de terra vermelha. Chegariam logo.

O primeiro deles veio de moto até o caminhão. Três cavaleiros se inclinavam para a frente nas selas. Os rostos estavam duros, resolutos. Rawbone girou a metralhadora .50, de modo que o cano ficasse em cima da lateral onde as palavras AMERICAN PARTHENON estavam manchadas pelo barro vermelho do solo do deserto.

O pai abriu fogo. Um jato de terra e sangue. As expressões de pesadelo dos homens que nem desconfiavam, os cavalos caindo de lado. O caminhão seguiu em frente, deixando aquela área do solo como se ele tivesse acabado de vomitar sangue.

As nuvens de poeira se fechavam num arco. Um jato de fogo veio como um míssil na direção do caminhão e atingiu o capô, onde ficava o motor. Faíscas por toda a parte queimaram o rosto e os braços de John Lourdes. Ele abanou com a mão, como se aquilo fosse um enxame de abelhas de fogo.

Os tiros se intensificaram. Os cartuchos da metralhadora caíam e tilintavam perto do chassi de aço. Os cavaleiros fechavam o cerco a toda. Eles forçavam as montarias e atiravam nos pneus. O caminhão ziguezagueava e voltava a se aprumar, depois derrapava e fazia subir paredes de terra vermelha, que deixavam os cavaleiros cegos.

Um quilômetro e meio de calvário e então as montarias cobertas de pó começaram a desaparecer. Os cavaleiros continuavam, mas tinham ficado para trás. Rawbone mal podia divisar os vultos empoeirados de Stallings e Jack B e gritou para eles sobre o cano da metralhadora:

— Eu escrevo para as senhoritas depois que eu me arrumar.

Eles aceleraram, com a figura do caminhão comprida e rápida cortando a terra. Eles estavam procurando por mais areia na ampulheta do tempo, quando bem adiante, no calor escaldante, a ilusão flutuante de uma represa parecia se misturar ao pôr do sol. John Lourdes gritou para Rawbone ir até lá, ele foi... e não tinha certeza de nada do que via.

Aparentava ser um imenso lago que aparecia e desaparecia, quando o terreno caía, depois voltava a se tornar líquido no barro do deserto, quando o caminhão subia por uma duna mais dura.

Estava lá, depois não estava, depois estava...

O caminhão freou. Os homens saltaram. Correram até a beira daquele corpo de água parada, da cor do sangue e aparentemente infinito.

— A tempestade que veio do Golfo.

— Uma laguna seca. Amanhã, não vai mais ter nada.

Rawbone correu até o caminhão e pegou o binóculo. John Lourdes olhou costa acima e depois abaixo. Aquela coisa se alongava por uma distância que ele não sabia dizer. Pôs o pé na água para testar a profundidade. Rawbone vasculhou o deserto. O corpo de terra tinha se dividido em duas asas espraiadas.

— A gente tem tempo de beber duas cervejas, antes de eles chegarem.

Ele se virou para ver o filho a uns 40 metros, dentro do barro vermelho.

— No pior ponto, qual você acha que deve ser a profundidade?

O pai compreendeu.

— A gente vai ficar preso aí.

John Lourdes correu até a margem, passou pelo pai e subiu na carroceria.

— Nós somos pesados demais. E se os pneus atolarem...

John Lourdes estava checando o que eles carregavam. Eram quatro tambores de gasolina e algumas caixas de munição.

— Olhe para o outro lado desse lago — disse o filho. — Já dá para ver a terra. Não tinha mais do que alguns centímetros onde eu andei.

Ele pegou um caixote e esvaziou o conteúdo. Depois colocou de volta algumas granadas de mão, dinamite, um rolo de cabo e o detonador. Empurrou o caixote para o pai.

— Coloque isso na frente.

Ele saltou da carroceria e correu até a cabine. Ficou de um lado e o pai do outro.

— Você, que sempre está pronto para fazer um comentário... — começou o filho.

— Eu me orgulho da minha inteligência.

John Lourdes apontou o lago.

— Você acha que pode abrir as águas do Mar Vermelho para a gente?

De rifle em punho, Rawbone foi andando na frente do caminhão. A água passava pelas rodas lentas e John Lourdes vigiava tudo da cabine. Toda vez que o caminhão afundava ou as rodas deslizavam, ele suava por alguns instantes até que o reflexo da água, no que parecia ser uma frigideira de fogo líquido, se movesse novamente.

Rawbone se virou e olhou para trás. Os cavaleiros avançavam e não eram mais poeira, mas homens trotando sobre as curvas das sombras que projetavam sobre a terra.

Tinha que ser agora. Eles colocaram o caminhão numa ilha de barro vermelho no coração do lago. Planejaram a estratégia de defesa. Protegeram os pneus com os caixotes. Rolaram dois tambores de gasolina do caminhão até eles quase afundarem. Abriram buracos a faca nas latas para enfiar bananas de dinamite. Prepararam as cargas e desenrolaram o fio pela superfície da água até os detonadores atrás do caminhão. Ficariam com o sol às suas costas e, se sobrevivessem a ponto de verem chegar a noite, talvez até conseguissem escapar com vida.

O pelotão de guardas que se aproximava chegou à beira do lago. Stallings tinha um grupo sob seu comando, e Jack B, o outro. Stallings acertava o foco do binóculo. O caminhão estava de lado, numa ilha de terra. As palavras AMERICAN PARTHENON estavam salpicadas de terra vermelha que subira das rodas e apareciam como um brasão na água à sua frente.

Stallings deu as ordens. As duas alas começaram a marchar adiante devagar, com os atacantes tateando o caminho até que o andar lento passou a ser um trote mais rápido. O médico ergueu o braço e uma rajada de metralhadora partiu de suas fileiras, seguida por uma tempestade de morteiros.

As balas e os foguetes explodiam no caminhão, acima dele e na água à sua frente. O ar fedia com cheiro de queimado, o céu ficou descolorido. John Lourdes se acocorou junto ao detonador, enquanto Rawbone ficava na carroceria do caminhão, com o rosto encostado no cano da metralhadora .50. Os perseguidores se moveram para os flancos do caminhão, se aproximando e disparando. Seguiu-se mais um assalto com morteiros. Aquela ilhota agora estava sob um diabólico ataque de foguetes. Explosões de brilho vermelho, rastreadores descendo e girando loucamente no lago, faíscas caindo do céu como confetes de fumaça.

Naquela planície nua, os futuros se encontraram num instante de cegueira. O mar iluminado ao lado do caminhão entrou em erupção num paraíso vulcânico de homens, montarias e chuva vermelha. Cavaleiros consumidos em chamas como que numa cena tirada de um pesadelo apocalíptico chegaram à ilha nos últimos momentos de sua existência, com as armas estendidas nos braços arrasados. A segunda carga explodiu e a boca da morte abriu com uma força que consumiu todos eles. A chuva vermelha caiu. Caiu através das colunas incendiárias e caiu através dos bancos de fumaça negra que se elevavam no céu sem vento.

Do meio de todos os mortos naquela carnificina, um homem se levantou como se fosse uma aparição — sem nome e sem sombra. Passou por cima de um braço com uma bandeira tatuada que flutuava sem vida e, sozinho, caminhou entre os restos de homens e animais espalhados pelo lago raso, chegando até a ilha de barro vermelho onde o caminhão continuava de pé. Ali, debaixo das palavras AMERICAN PARTHENON, John Lourdes estava estirado.

TRINTA E SEIS

O PAI CAMBALEOU PASSANDO por um cavalo caído e caiu de joelhos sobre o filho. Havia um buraquinho vermelho no colete abaixo das costelas, do lado do coração, e outro, de igual tamanho, nas costas. Mas os olhos de John Lourdes estavam abertos e ele estava respirando.

— Passou direto? — perguntou a voz arfante.

— Passou, Sr. Lourdes. — Rawbone olhou para os mortos ao lado dele e para a cena desoladora mais além. Sobrevivência. Era isso o que ele estava procurando. — Nós temos que correr, Sr. Lourdes.

Dirigiu-se apressado para o caminhão. Seu corpo enrijeceu quando ele ligou o motor, sem saber se ele pegaria. Mas pegou que foi uma beleza. Ele passou a marcha e foi em frente, devagar.

— Sr. Lourdes... escuta isso... o Parthenon aqui vai te levar até em casa.

O CAMINHÃO SUBIU no primeiro patamar de montanhas e foi traçando seu caminho no horizonte, com o sol se pondo a oeste. Diante deles, um mundo como era no dia da criação.

John Lourdes estava deitado na cabine, tendo que enfrentar uma viagem difícil, de dois dias, mal havendo água para o caminhão. Rawbone passou a noite inteira dirigindo, com lanternas penduradas nos ferros da cabine para iluminar o caminho. Ele dirigiu através da poeira que machucava os seus olhos e do calor que os ressecava até os ossos.

Ele viu o filho ficar mais fraco, mas mesmo assim se recusar a beber. Se não houvesse água o bastante para um, também não haveria para o outro. O pai o xingou furiosamente, mas Lourdes só respondeu:

— Ou nós dois chegamos, ou ninguém chega.

Eles lutaram contra os rios de rochas vulcânicas brancas e através de irreconhecíveis cânions de granito. As palavras de John Lourdes voltaram ao pai.

— Não existe passado nem futuro. Só existimos eu e você e esse caminhão.

Mesmo agora, continuava a ser um teste de força de vontade. Sua boca estava seca e estalando, seus olhos falhando, desesperadamente precisando da água ali no banco, que ele não ia beber. O pai falou:

— Sr. Lourdes, se uma noite eu fosse bater na porta da sua casa em El Paso e me oferecesse para lhe pagar um jantar e uma bebida, o que o senhor diria?

— Eu diria... que você estaria pagando tudo com dinheiro roubado.

Ele não tinha forças para rir, por isso um grunhido tinha que bastar.

— O Modern Café no Saguão do edifício Mills, local do nosso ilustre encontro. Vamos tomar uísque de verdade, em copos Tom Collins, e brindar à nossa sobrevivência.

Os músculos no corpo de Rawbone estavam arrebentados. A noite não era mais fresca do que o dia. Ele mantinha uma pedra na boca para gerar saliva, mas até para isso era muito pouco e muito tarde. Ele se lembrou do tempo em que era um menino pobre num lixo total chamado Scabtown e vendo um lutador sob o sol escaldante acabar com um adversário. Mesmo agora — e principalmente agora —, aquelas feições veteranas e manchadas de sangue, que ele um dia testemunhara, dialogavam com a sua fúria e a sua decisão.

De manhã, o sol o estava massacrando. As mãos no volante se soltaram e, por um instante, ele chegou a desmaiar. Ele xingou a si mesmo e voltou a acelerar. Em algum momento daquela manhã, eles chegaram a um colar de pequenas piscinas. O pai correu desesperado até elas com o cantil, só para descobrir, com um golinho, que eram alcalinas.

Veneno.

Ele olhou o caminhão lá atrás. A cobertura em cima da cabine se erguia com o vento, de uma maneira esquisita. A visão de um enterro passou como um flash em sua mente — expulsou o pensamento da cabeça, rápido. Mas ele sabia. Os dois virariam pó antes que o dia terminasse.

Ele olhou, no meio do calor escaldante, para a superfície negra daquela piscina, tão quietinha, e chegou a um momento que era absolutamente decisivo e providencial. Enfiou o cantil naquela fonte amarga e viu as bolhas se encherem de ar e estourar e se perguntou se a água teria o gosto do esquecimento.

Quando o cantil ficou cheio, ele arrolhou. Depois, se abaixou, levou a boca até a água e bebeu. Bebeu como um bêbado louco e se sentou com o líquido manchado descendo pelo queixo, e lá, naquelas poças d'água, o assassino comum e o pai se olharam pela última vez.

Ele foi até o caminhão, esbravejando a boa notícia de terem encontrado água e bebeu do cantil, tapeando o filho e lhe passando o outro. E o filho bebeu a água boa.

— Feche os olhos, Sr. Lourdes, e pense no Modern Café.

Ele puniu o caminhão da mesma maneira que se puniu. A cada elevação, uma esperança que afundava em sua garganta a cada horizonte trêmulo. As lembranças puídas do tempo se atiravam repentinamente em cima dele, com um poder emocional de partir o coração, difíceis demais de se aguentar. Ele as tirou da cabeça. Só podia pensar em sobreviver.

Um bando de pombos brancos passou por cima dele. Aquela presença era uma promessa de água. E, onde havia água...

Eles são como runas no céu e Rawbone deixa o voo deles ditar o trajeto do caminhão, enquanto começa a sentir o corpo se voltar contra ele. Ele conta cada batida do coração, a cada rajada de vento. A cada quilômetro que ele morre aos poucos, o filho está mais próximo de ser salvo. Ele fica pensando no lutador ensanguentado na poeira, cujo nome ele carrega até hoje, e num calor estonteante vê a ponta de uma torre de igreja contra um céu sem nuvens e a cidade de San Luis Potosí que a envolve.

À SOMBRA DA igreja se situava um pequeno hospital administrado pelas freiras, para os pobres e necessitados. Rawbone já estava tendo os primeiros sinais de uma convulsão, quando o caminhão bateu na calçada. Esse foi o primeiro momento em que John Lourdes, que mal mantinha a consciência, pôde perceber que alguma coisa estava terrivelmente errada.

Rawbone se arrastou até a parede de pedra e se sentou com as costas no tijolo quente, lutando para respirar. John Lourdes estava nos braços das freiras e dos campesinos, mas se sacudiu, implorou e finalmente conseguiu se livrar, como se eles de alguma forma fossem seus captores. Ele se agachou no chão ao lado do pai e o agarrou pelos ombros.

— O que...?

Rawbone tentou formar palavras com sílabas soltas, ou emitir sons sem precisar respirar, mas não conseguiu. Na mão dele estava o caderninho de bolso e, mesmo estando destroçado e quase morto, ele o segurou para John Lourdes ver o que ele havia escrito algumas horas antes: *Filho, me perdoe.*

John Lourdes não sabia o que dizer e só conseguiu falar:

— Como é que...?

Ele estava se agarrando à história furiosa que era a sua vida, de repente desesperado pelo que era inseparável e estava perdido, tentando conter ou atrasar a morte, para dominá-la com seu coração.

Mas o pai continuou desmoronando. Não havia vontade, não havia força terrena que pudesse competir com aquilo, nem mesmo o lutador ensanguentado na poeira podia se impor diante do mais inevitável de todos os adversários.

John Lourdes puxou o pai para junto dele, agarrando a mão com o caderninho e, naquele momento efêmero com o sol escaldante em volta deles, eles se tornaram um só. O filho cochichou:

— Eu... eu te perdoo, sim.

Ele podia sentir o rosto contra o seu e aquele som abafado pronunciado entre os dentes como um "sim". Então, o filho chegou os lábios no ouvido do pai.

— Você ainda consegue me ouvir?

O pai apertou a mão do filho, respondendo que podia, e o filho lhe disse:

— Pai... guarda um lugar para mim nesse caminhão.

Em algum lugar daquela febre venenosa, o pai se encheu daquelas palavras e então, pelo que pareceu ser um túnel à meia-luz, ele podia jurar que ouviu o motor do caminhão e as marchas mudando e a musculatura de ferro ganhando velocidade, enquanto rodava com o filho por uma região que não era nem desolada, nem abandonada... e aí ele já não existia mais.

TRINTA E SETE

Depois disso, só houve momentos soltos no ar — sendo levado da calçada e o corpo naqueles tijolos de tempos imemoriais, o cheiro de éter e as sombras na sala de cirurgia. Quanto tempo ficou inconsciente, ele não soube dizer, mas voltou a si no escuro, sentindo como se estivesse num trem. Seus olhos seguiram uma trilha de luz até uma lâmpada de querosene. Uma enfermeira estava sentada num vagão de armazenagem ali perto, lendo. Era mexicana e de meia-idade e havia uma espécie de tranquilidade solitária em volta dela. Enquanto ela sorria para ele, um vulto se inclinava sobre a cama. Era Wadsworth Burr.

— Onde é que nós estamos?

— Você está num trem, John. E eu o estou levando para o hospital militar de Brownsville. Estava no seu caderno. As freiras viram o meu endereço e me avisaram.

— O meu pai...

— John, escute o que eu tenho a dizer agora. É muito importante. Quando o juiz Knox vier vê-lo, você não deve dizer nada, a não ser que eu esteja na sala. Está entendendo? Nada.

A cabeça de John Lourdes estava boiando e ele estava confuso.

— Um político de Tampico aparentemente foi assassinado e existe uma sugestão de que você de alguma maneira esteja envolvido nisso.

O que surpreendeu Wadsworth foi que John Lourdes riu. Uma risada grave, irônica e cheia de si — uma risada que ele já havia ouvido antes.

O HOSPITAL FICAVA no acampamento militar de Fort Brown. A janela na sala de John Lourdes tinha vista para a Resaca. De noite, os soldados jogavam cartas na costa, à luz dos lampiões. John Lourdes passou semanas lá se recuperando, principalmente sozinho. Ele tinha uma sede masculina de silêncio e a utilizou para revisar toda a sua vida e o adversário derrotado que voltara a ser seu pai.

O juiz Knox chegou com um taquígrafo. Burr estava presente enquanto John Lourdes deu todos os detalhes exatos dos acontecimentos no México, que eram corroborados por suas anotações, inclusive o fato de ele ter entregue a munição a um grupo de campesinos. O único fato que ele não mencionou foi o de ser o filho daquele assassino comum.

A frente do hospital tinha um pórtico grande e coberto, com arcos de tijolos, onde se podia evitar o sol rascante do Texas. O juiz Knox dispensou o taquígrafo e ele e Wadsworth Burr passaram a caminhar sozinhos.

— Ele vai ter que pedir demissão.

— Ah — disse Wadsworth. — Para dizer o mínimo.

Burr tirou um cigarro do bolso do casaco.

— As anotações que o meu cliente mandou para você... Ele também me enviou uma cópia. Na mesma hora contratei detetives no México e comecei as minhas investigações. Quer um cigarro?

Knox fez que não com a cabeça. Essa notícia não caía bem. Havia um banco ali perto, para onde Burr se dirigiu.

— Um homem chamado Tuerto foi contratado pelo Dr. Stallings, através da Agua Negra, para fotografar os campos de petróleo, os atracadouros, o rio, o porto e as ferrovias.

— O que parece ser uma linha de ação bem útil para uma empresa de segurança.

Burr cruzou as pernas e acendeu um cigarro.

— Eu tenho uma declaração formal assinada por este Sr. Tuerto de que ele entregou cópias das fotografias ao Sr. Robert Creeley, que, como o senhor sabe a partir das anotações de John e da entrevista dele, ou da sua própria investigação, é adido do consulado americano no México.

— Isso também não tem nada de extraordinário. As companhias de petróleo, assim como as outras, defendem a segurança nos campos, desde que surgiram os primeiros sinais de uma revolução.

— O Sr. Creeley estava hospedado no Southern. O mesmo hotel do meu cliente... ou melhor, clientes. Assim como estavam outros dois cavalheiros, Olsen e Hayden. Que, como o senhor provavelmente sabe a partir da sua investigação, como eu sei através da minha, são coletores de informações do Departamento de Estado.

O juiz Knox estava em pé debaixo do arco, mas com isso ele foi se sentar na outra ponta do mesmo banco de Wadsworth Burr.

— Eu já sei aonde você quer chegar. A reunião naquela casa.

— Você tem um funcionário do consulado americano. Agentes de campo do Departamento de Estado. Um empresário americano negociando munição ilegal. Um ex-funcionário da equipe de resgate de fronteira comandando uma empresa de segurança para as companhias de petróleo que recebem o tal carregamento de munição.

— Creeley, Hayden e Olsen — disse o juiz — declararam que foram convidados para aquele jantar pelo prefeito, assim como o Dr. Stallings. O prefeito, por sua vez, queria defender uma proteção militar americana. Os impostos pagos pelas companhias de petróleo são uma fonte importante para ele. Hecht nega ter estado na reunião. Creeley e os outros dizem que ele não estava lá. Quanto às munições, Hecht disse que ele ajudou a pavimentar o caminho para um carregamento que lhe disseram ser partes de um depósito de gelo, para ser entregue nos campos de petróleo. Ele nega sequer conhecer Stallings.

— Eu estou de posse de um filme — disse Burr —, uma daquelas propagandas que o Díaz mandou filmar para alardear as grandes realizações do governo dele, embora fossem, na verdade, um exercício de engrandecimento de sua própria realeza. Ele mostra claramente que Hecht e Stallings se conheciam.

— Stallings morreu.

— O senhor tem a declaração do meu cliente sobre o que aconteceu.

— Eu tenho a declaração do seu cliente afirmando que ele entregou a munição a um grupo que tinha o propósito de derrubar o governo.

— O senhor não acha que vai poder escolher que parte da declaração é verdadeira e que parte não é. Vai ter que lidar com a prova inteira, como um todo.

O juiz Knox encarou aquele olhar pálido. Burr era frágil. A maneira como ele cruzava as pernas às vezes parecia efeminada. Mas ele não ia se submeter à intimidação.

Agora Burr estava sentado quieto. Olhou para a Resaca e para uma linha de soldados fazendo seus exercícios, na empoeirada praça de armas. Tragou o cigarro e a ponta pulsou intensamente enquanto ele pensava, e pensou um pouco mais antes de falar.

— Eu vou partir do princípio de que o senhor é um homem honesto. Entendendo perfeitamente que os homens honestos, às vezes até os mais honestos, ficam numa situação insustentável. As provas, do jeito que o senhor as colocou agora, apontam na direção de duas possibilidades. Porque a munição não pode ser separada dos fatos.

"Uma possibilidade... é de que as pessoas presentes à reunião estavam tentando preparar o terreno para uma intervenção. Talvez até aumentando ou exagerando os indícios para fazer essa defesa. Podemos até concluir que o Dr. Stallings era um elemento mal-intencionado, trabalhando de uma maneira independente para atingir este objetivo.

"A outra possibilidade... é que naquela reunião eles não estivessem defendendo uma intervenção, mas criando as condições para uma. E eles não iriam ter escrúpulos de utilizar os métodos mais nefastos para atingirem este fim. E o senhor sabe a que isso pode levar. A um golpe de Estado. Até mesmo a um assassinato."

Burr se levantou e andou até os arcos. Seu rosto caído tinha uma expressão intencionalmente grave.

— Eu não invejo a sua situação. A discussão pública de casos assim o colocaria no centro de uma polêmica. Essa é a arena perfeita para um advogado, mas não para o chefe do BOI, que representa não só a própria instituição, mas também o governo do Texas.

Enquanto eles se encaravam, uma enfermeira passou empurrando uma cadeira de rodas. O paciente, a quem faltavam um braço e uma perna, não tinha muito mais do que trinta anos. Ele saudou os dois homens de uma maneira informal. As rodas precisavam claramente de lubrificação e, quando aquele som estava bem distante no corredor, Burr falou:

— Me disseram que muitos dos internos aqui serviram em Manila e em Cuba. Será que aquela guerra valeu a pena?

— Nós não estamos discutindo aquela guerra.

— Mas estamos numa discussão.

O juiz Knox fez que sim com a cabeça. Ele tirou os óculos e coçou as marcas que a armação deixara no nariz. Burr já sabia, de seus encontros anteriores, que ele estava incomodado e precisava ganhar tempo para pensar.

— Eu nunca devia ter mandado o John.

— A aplicação prática de uma estratégia — disse Burr.

— Não é questão de coragem, ou de dedicação.

— Eu sei como o senhor enxerga o mundo. A aplicação prática de uma estratégia cumpre uma função. Mas, se for levada até as últimas consequências, sabe o que pode acontecer? — Burr fez uma pequena pausa para enfatizar o argumento. — É George Washington não atravessando o rio Delaware. Abraham Lincoln não libertando os escravos.

Wadsworth Burr tragou silenciosamente o cigarro pela última vez, depois o esmagou sob a sola de seu requintado sapato.

— Eu vou esperar para ouvir para onde as suas deliberações bem pensadas e, estou certo, bem difíceis irão lhe levar, antes de determinar um plano de ação para o meu cliente.

JOHN LOURDES E Wadsworth Burr voltaram a El Paso de trem, um mês depois. John Lourdes ouvira dizer que receberia uma carta de recomendação pela "sua dedicação em descobrir um envio ilegal de armas a um país estrangeiro". Naquele dia, naquela hora, a recomendação e tudo aquilo que ela dizia e o que ela não dizia eram, para John Lourdes, apenas poeira ao vento.

Eles foram no Cadillac de Burr da casa dele até o cemitério de Concordia. Burr assumira pessoalmente a responsabilidade de trazer Rawbone para o Texas e enterrá-lo ao lado da mãe de John Lourdes. A lápide era simples. Só havia o nome dele e as datas. O cemitério ficava numa planície comum, era rústico e com algumas árvores. O céu estava muito azul naquele dia, mas o cemitério parecia bem mais precário do que o próprio John Lourdes se lembrava.

Ele ficou ali pensando, por muito tempo, na história trágica e extremamente falha de seu pai. Uma torrente de sentimentos passou por sua cabeça. Sensações que ele juraria serem impensáveis por toda a sua vida. Acima de tudo, a perda, uma perda indescritivelmente crua, que atingia as raízes de seu ser.

— Havia mais coisas dele dentro de mim — confessou John Lourdes —, do que eu jamais poderia imaginar. Ou que ele mesmo pudesse acreditar.

Burr concordou. Aí, depois de pensar um pouco, falou:

— E também parece que havia muito mais de você dentro dele do que ele mesmo jamais poderia ter imaginado.

Com isso, saíram de perto da cova. Ao chegar ao carro, John Lourdes se virou e olhou de novo para o túmulo, e então para o Rio Grande e a silhueta das montanhas vermelhas mais além.

EPÍLOGO

Em 1913, o embaixador americano no México, Henry Lane Wilson, se envolveu no planejamento de um golpe de Estado que derrubou o governo Madero e pôs em seu lugar Victoriano Huerta e um governo mais favorável aos negócios. Ele fez isso, segundo o presidente Wilson, sem a autoridade ou a concordância do governo americano, ou de qualquer um de seus agentes.

Em 1914, Woodrow Wilson invadiu Veracruz. Isso se deveu ao fato de um grupo de marinheiros americanos ter sido capturado num navio americano, mas o fato verdadeiro foi seu desejo de derrubar Huerta, desestabilizar o regime e incentivar os rebeldes.

Nesse período, o preço do barril de petróleo dobrou.

AGRADECIMENTOS

GOSTARIA DE AGRADECER ao meu editor, Charlie Winton, a oportunidade literária que me deu. E agradecer a Tracy Falco, da Universal, a oportunidade cinematográfica.

Em âmbito mais pessoal: a Deirdre Stephanie e ao grande e falecido Brutarian... a G.G. e L.S... a Charlie Cacique, no hipódromo de Agua Caliente, a dica que levou a Lazaro e assim deu à luz este livro... e, finalmente, ao meu aliado e amigo constante, e um mestre em navegar em meio à loucura, Donald V. Allen.

Este livro foi composto na tipologia Adobe Garamond Pro,
em corpo 11,5/15,3, e impresso em papel off-white,
no Sistema Cameron da Divisão Gráfica
da Distribuidora Record.